KB271470

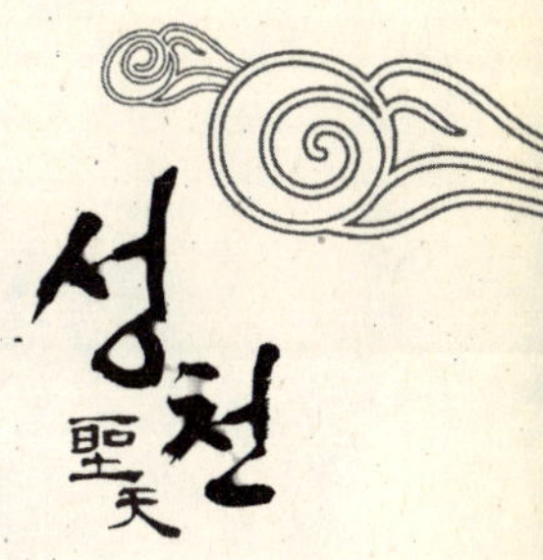

조종호 新무협 판타지 소설

FANTASTIC ORIENTAL HEROES

성천 3

조종호 新무협 판타지 소설

초판 1쇄 찍은 날 § 2009년 2월 9일
초판 1쇄 펴낸 날 § 2009년 2월 16일

지은이 § 조종호
펴낸이 § 서경석

편집장 § 문혜영
편집책임 § 문정흠
편집 § 이재권

펴낸곳 § 도서출판 청어람
등록번호 § 제1081-1-89호
등록일자 § 1999. 5. 31
어람번호 § 제2-1675호

주소 § 경기도 부천시 원미구 심곡동 163-2 서경B/D 3F (우) 420-010
전화 § 032-656-4452팩스 § 032-656-4453
http://www.chungeoram.com
E-mail § eoram99@chollian.net

ⓒ 조종호, 2008

ISBN 978-89-251-1677-8 04810
ISBN 978-89-251-1603-7 (세트)

도서출판 천람

조종호 新무협 판타지 소설
FANTASTIC ORIENTAL HEROES

성천 聖天

3

성천자(聖天子)

第二十章

현사문(玄沙門)의 참변(慘變)

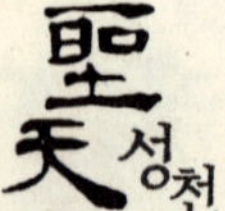

사위가 어둑어둑한 초저녁, 한 무리의 남녀가 커다란 정문을 앞에 두고 모여 있었다.

"도착했군요."

현판을 응시하던 준수한 용모의 소년이 가장 연배가 있어 보이는 청년에게 말했다.

"맞다. 여기가 북무림회 남양 지단이다."

"휴, 겨우 늦지 않게 왔네."

청년 옆에 있던 귀엽게 생긴 소녀가 다리를 토닥이며 대꾸했다.

그러자 옆에 있던 또 다른 청년이 중얼거렸다.

“하마터면 오늘 내로 못 올 뻔했지……..”

“그 말, 나 들으라고 한 거야?”

소녀가 눈을 날카롭게 치켜떴다.

“난 딱히 누구 때문이라 하진 않았다.”

“오호, 그러서? 그런데 왜 나를 힐끗거려?”

“흠, 흠.”

“말을 해. 왜 흠흠거리기만 해?”

소녀가 자신을 향해 느릿하게 걸어오자 청년은 슬금슬금 뒷걸음질을 쳤다.

“유아에게 무슨 잘못이 있겠어. 얘를 홀린 예쁜 옷들이 문제지.”

“언니!”

소녀가 발끈하여 소리치자 말을 꺼낸 또 다른 소녀는 희미한 미소를 지으며 고개를 돌렸다.

귀여운 소녀는 여전히 분을 풀지 못하는 듯 씩씩댔다.

이들은 북무림회 본단을 떠나 막 남양에 당도한 인청각 이십일조원들이었다.

등주에서 발생한 무림문파 간의 원만한 중재, 이것이 그들에게 맡겨진 임무였다.

이를 위해 위지극 등은 등주에 가기에 앞서 남양 지단에 들렀다.

북무림회는 하나의 성에 적게는 네 개, 많게는 일곱 개의 지단을 두었다.

이 중 남양 지단은 하남의 남서를 총괄할 뿐만 아니라, 이번에 본단에 도움을 요청한 곳이기도 했다.

이십일조원들은 출행을 앞두고 한 가지 다짐을 했다.

일을 모두 끝마치기 전까지는 개인적인 행동을 하지 않겠다는 것이었다. 하지만…….

생선가게를 그냥 지나칠 고양이가 없듯이, 소유아는 마을을 지날 때마다 가게 밖에 늘어놓은 예쁜 옷들만 보면 정신을 차리지 못했다.

옷에 매달려 있는 소유아는 아무도 말리지 못했다.

그러다 보니 시간이 조금씩 지체되었고, 하마터면 약조한 날인 오늘까지 도착하지 못할 뻔했던 것이다.

위지극은 슬쩍 사연화를 쳐다보고는 고개를 설레설레 저었다.

'아무튼 여자들이란…….'

사연화는 아닌 척했지만, 위지극은 분명히 보았다.

소유아가 예쁜 옷을 뒤적이고 있을 때, 그녀가 옆에서 두 눈을 반짝이던 모습을 말이다.

한데도 저렇게 시치미를 딱 떼고 있으니 내심 어이없기도 하고 우습기도 했다.

"자, 자. 어찌 됐든 시간에 맞췄으니 다행이다. 사람들이 기다릴 테니 이제 그만 들어가자."

금산청이 주위를 한번 돌아보고는 앞장섰다.

그들이 남양 지단 안으로 들어서자, 기다렸다는 듯이 두 명의 무인이 다가와 단주가 있는 단정청(團政廳)으로 가는 길을 안내했다.

무인의 뒤를 따르며 주위를 둘러보던 위지극은 감탄할 수밖에 없었다.

이곳은 중원에 산재한 여러 지단 중 하나에 불과하건만, 크고 작은 전각이 십여 개나 있었다.

또한, 도처에는 각종 병기들과 연무장이 자리하고 있어 언제라도 무공을 연마할 수 있도록 제반 시설이 잘 갖춰줘 있었다.

북무림회의 위용을 다시 한 번 실감하게 하는 광경이었다.

"정말 크다. 다른 곳도 이래?"

위지극이 사연화에게 조용히 물었다.

그녀는 위지극의 속마음을 짐작하고는 가벼운 미소를 지었다.

"나도 많은 곳을 돌아본 건 아니지만, 이 정도면 중간 정도의 규모는 돼."

"중간이 이 정도면 제일 큰 건 도대체 얼마만 하다는 거야?"

"남들이 들으면 웃겠다. 제일 규모가 큰 본단에서 온 네가 그런 말을 하니."

"그렇긴 하지만, 나는 그곳을 다 돌아본 게 아니라서……."

사실 위지극이 본단에서 머문 지 꽤 오래긴 했지만, 그가 가본 곳이라고 해봐야 몇 군데 되지도 않았다.

연무장, 인청각, 그리고 회주를 만나기 위해 딱 한 번 가본 매송청이 전부였다.

그야말로 빙산의 일각이었다.

"하긴. 이번에 돌아가면 내가 구경시켜 줄게. 그 후에 다시 이곳에 온다면 지금처럼 크다고 느껴지지 않을 거야."

위지극이 조금 의기소침한 듯 보이자 사연화가 달래듯이 말했다.

이윽고 이십일조원이 단정청에 이르자, 두 명의 중년인이 그들을 맞이했다.

한 명은 대략 사십대 후반에 키가 호리호리한 호남형(好男形)이었으며, 또 다른 한 명은 눈이 날카롭게 생긴 서른 중후반의 작달막한 사내였다.

호남형의 사내가 밝은 미소를 지으며 입을 열었다.

"예까지 오느라 수고가 많았네. 나는 이곳의 단주를 맡고 있는 백무라 하고, 이쪽은 부단주인 도가휘네."

"말씀 많이 들었습니다. 인청각 이십일조 조장 금산청입니다."

"그래그래. 어서들 들어오게."

백무는 일행들을 회의실로 안내했다.

모두가 자리하자 그는 넌지시 금산청에게 물었다.

"이곳의 사정에 대해서 혹시 알고 왔는가?"

"문파 간에 분란이 일었다는 말씀만 각주님으로부터 들었습니다. 자세한 이야기는 직접 이곳에서 알아보라 하셨습니다."

"흐음, 각주께서 그리만 말씀하셨구만."

백무에게서 언뜻 아쉬움의 빛이 스쳐 갔다.

"혹, 저희가 모르는 문제라도 있습니까?"

"흐음……."

그는 쉽게 말을 꺼내지 않은 채 침통한 표정을 지었다.

그러자 옆에서 지켜보던 부단주 도가휘가 나섰다.

"단도직입적으로 말하자면, 우린 인청각이 아니라 사현각에 도움을 청했네."

"네?"

금산청은 금시초문이라는 듯이 되물었다.

사현각은 인청각과 함께 해사원에 속하기는 하나 실력 면에서 월등히 뛰어났다.

인청각은 후기지수들의 조직이지만 사현각은 그보다 한 연배 높은 무인들의 조직이기 때문이다.

그런 사현각에 청을 넣었다는 것은 그만큼 사안이 중하고도 위험하단 뜻이었다.

백무가 뒤를 이어 대답했다.

"부단주의 말은 사실이라네. 하지만 자네들을 보낸 것을 보니 본단에서는 자네들이라면 충분히 해결하리라 판단했나보네. 우린 위의 결정을 따라야겠지."

금산청은 난감하기 짝이 없었다.

이들은 드러내 놓고 말하진 않았지만, 자신들이 파견된 것에 대해 실망하고 있음이 분명했다.

어쩌면 실망을 넘어 안이한 본단의 결정에 분개하고 있을지도 몰랐다.

"그런 사정이 있었군요. 저흰 몰랐습니다. 하지만……."

금산청은 그들을 한차례씩 바라보며 말을 이었다.

"비록 저희가 미흡하기는 하나, 최선을 다한다면 단주와 부단주님의 기대에 부응할 수 있으리라 생각합니다."

"그리 생각해 준다니 다행이네. 하나 상황이 그리 녹록치 않다는 게 문제야."

"자세히 말씀해 주시겠습니까?"

백무는 긴장되는지 차를 한 모금 마시고는 천천히 입을 열었다.

"등주에는 여러 문파가 있지만, 그중 두 개의 문파가 가장 강성하다네. 유금도문과 현사문이 그들인데, 유금도문에서부터 일이 시작되었지. 한데 자네 혹시 청협도 노대후라는 자를 아는가?"

그는 설명하다 말고 갑자기 물었다.

금산청은 고개를 저었다.

"처음 듣는 이름이군요."

"자네 나이 대에서는 모를 수도 있겠군. 하지만 우리 정도 나이에 이곳에서 오랜 생활을 한 무인이라면 모두 알고 있는 자일세. 그는 무공도 뛰어나거니와 별호에서 알 수 있듯이 협을 목숨처럼 중히 여기던 사내였기 때문일세."

강호에서의 협인은 무공의 높낮이를 떠나 칭송받을 만했다.

"나도 한때 존경해 마지않는 사내였지. 하지만 그는 이십여 년 전 어느 날 갑자기 실종되었고, 그의 행방을 아는 자는 아무도 없었네. 그의 처나 사부, 동문 사제를 포함한 모두에게 아무런 전언도 없이 사라져 버렸어. 해서 모두는 그가 변을 당했다고만 생각했지. 한데 얼마 전 그가 유금도문에 나타났네."

이십일조원들은 모두 흥미가 일어 그의 입만을 주시했다.

"하지만 그는 예전의 그 청협도가 아니었네. 도착하자마자 유금도문의 문주이자 자신의 사제인 등곽을 폐관시키고 자신이 문주 직에 올랐네. 그리고 흩어져 있던 사형제를 모아 혈전을 치르기 시작했어."

"혈전이라 하시면?"

"현재 등주에 있는 거의 모든 무림방파는 유금도문에게 무릎을 꿇었네. 그 와중에 죽은 사람만 백이 넘어."

"유금도문은 들어보지 못한 문파인데, 등주를 일통할 정도로 강했나요?"

사연화가 조심스럽게 물었다.

백무는 그녀를 지그시 바라보다 고개를 저었다.

"유금도문은 약한 문파라고 할 순 없지만 그렇다고 해서 자네가 말한 것처럼 강한 문파도 아니었네. 굳이 비교하자면 현사문과 비슷한 정도였지. 하지만 노대후, 그자가 문주가 되면서부터 일변했어."

"그 사람의 무력이 그만큼이나 뛰어났나요?"

"그건 모르네."

"……?"

"지금까지 조사한 바로는, 그는 사람들 앞에서 무위를 드러낸 적이 없어."

이야기를 듣고 있던 모두는 영문을 몰라 멍하니 그를 쳐다봤다.

새로 들어온 사람이 문주밖에 없는데, 그가 무력을 사용하지 않았다면 도대체 누가 나섰다는 이야기인가?

이에 대한 해답은 부단주 도가휘의 입에서 나왔다.

"다른 문파들을 굴복시킨 건 노대후가 아니라 그의 일곱 사제일세."

"사제들이 감춰진 고수였군요."

"글쎄, 감추고 있었는지는 모르지만, 그들은 과거에는 평범했네. 예전까지 알려진 그들의 실력으로 이런 일을 벌이기에는 어림없지. 그래서 더욱 문제라네."

"그럼 그들이 하루아침에 고수가 됐다는 말씀입니까?"

"바로 그렇다네. 뿐만 아니라 그들은 인성도 변했어. 지금 그들은 칠사귀(七死鬼)라 불린다네. 이는 마치……."

"마공을 익힌 것 같다는 말씀이군요."

이번에 물은 사람은 위지극이었다.

도가휘는 부인하지 않았다.

"확실치는 않으나 그런 듯하네. 그렇지 않고서야 무공과 인성이 단시간 내에 변한 것을 설명할 수 없으니까."

"요약하자면, 협객이었던 노대후가 마인이 되어 돌아와 사제들에게 마공을 익히게 해서 등주의 문파들을 공격한다는 것이로군요."

"그렇지."

위지극은 심각한 표정으로 금산청을 돌아봤다.

"노대후란 사람이 적존교의 인물일까요?"

금산청은 잠시 생각하는 눈치였다.

"그럴 수도 있지만 아직 속단하긴 일러. 마공이란 게 적존교만 가지고 있는 것도 아니고, 지금까지 마인은 항시 있어왔으니 말이야."

맞는 말이었다.

적존교가 없다 해도 마인은 존재했다. 마공 역시 마찬가지.

백무가 끼어들었다.

"나는 아니라고 생각하네."

"……?"

"자네들은 노대후가 어떤 사람인지 몰라서 그런 생각을 하는 걸세. 노대후는 결코 적존교 따위에 투항할 인물이 아닐세. 그가 마공인 줄 모르고 익혀서 그리됐다면 또 모를까."

그는 노대후에 대한 믿음이 확고해 보였다.

"아니면 자신의 의지와 상관없이 그리되었을지도……."

위지극이 혼잣말하듯 중얼거렸다.

하나 그 말을 들은 백무는 안색이 일변했다.

"그건 무슨 뜻인가? 설마하니 그가 마공 익히기를 강제당했다는 말인가?"

"그럴 가능성도 있다 생각합니다."

"……"

백무는 잠시간 말이 없었다.

위지극의 말은 확실히 일리가 있어 보였다.

그를 강제할 수 있는 것은 무엇인가?

본인의 목숨은 결단코 아니다.

하지만 그 목숨의 주인이 노대후가 아니라 그의 가족이

라면?

부모나 형제, 혹은 그가 사랑하는 그 누군가의 목숨이라
면?

그러면 이야기는 달라진다.

인의를 중시하는 그였다면 마공이 아니라 그보다 더한 것
도 익혔을지 몰랐다.

위지극이 조심스럽게 말을 꺼냈다.

"저는 노대후가 어떤 사람인지 모릅니다. 하지만 그가 만
약 단주님이 말씀하신 대로의 인물이라면, 그가 사라졌던 시
기를 즈음하여 모습을 감춘 사람을 알아보심이 어떨까요?"

"알겠네. 그의 가족이나 친분이 있던 사람을 중심으로 조
사해 보도록 하지."

그는 위지극을 지그시 응시하다 고개를 천천히 끄덕였다.

"확실히 인청각의 후기지수들은 다르군그래. 자네의 이름
이 위지극이라 했는가?"

위지극의 얼굴이 순간 붉어졌다.

"네……."

"내 자네를 기억하겠네."

금산청이 흐뭇한 미소를 지으며 덧붙였다.

"게다가 극이는 무공도 뛰어나고 얼굴도 잘생겼지요."

"하하하, 그렇군. 내 평생에 이런 미남자는 처음 보겠네."

백무의 웃음에선 눈앞의 젊은이들에 대한 강한 애정이 묻

어 나오고 있었다.

하지만 이런 화기애애한 분위기는 오래가지 않았다.

현안이 그만큼 심각했기 때문이다.

"자, 그럼 노대후의 과거는 일단 따로 조사하는 것으로 하고, 문제는 현재의 상황인데……."

백무는 말을 하다 말고 갑자기 침통한 표정을 지었다.

그러자 도가휘가 나섰다.

"제가 말하겠습니다."

그는 인청각원들을 돌아보며 말을 이었다.

"우린 유금도문에 수하들을 보냈었네. 노대후를 만나 문파 간의 중재를 논할 셈이었지. 그의 행동은 만행이나 다름없었지만 그래도 예를 지켜야 했으니까. 하지만……."

금산청의 눈빛이 예리해졌다.

"문제가 발생했군요."

"맞네. 그것도 아주 큰 문제지. 그들은 돌아오지 못했으니까."

"네?"

금산청은 설마하니 이런 대답이 나오리라고는 생각지 못했던 듯 놀란 기색이 역력했다.

그는 문제가 생겨봐야 중재안을 거절했다든지, 심하다 해도 언쟁을 벌이는 정도였으리라 생각하고 있었다.

한데 돌아오지 못했다니, 그럼 결국 죽임을 당했단 말이 아닌가.

지방의 일개 문파가 북무림회의 인물을 죽였다는 것은 감히 상상하기 힘든 일이었다.

"해서 본단에 일단 청을 넣고, 우린 회의를 했네. 자네도 알다시피 우리가 무력을 사용하려면 본단의 허가가 있어야 하지 않은가?"

금산청은 고개를 주억거렸다.

만에 하나 있을 변질을 막기 위해 북무림회에서는 지단을 철저히 관리했다.

그중 하나의 일환이 바로 본단의 허락 전에는 무력을 동원할 수 없다는 것이었다.

무림의 위기 상황이거나 특별한 일이 아니면 일체 예외는 없었다.

"회의 끝에 우린 다시 한 번 더 사람을 보내기로 했네. 처음에 비해 무공이 더 뛰어날 뿐만 아니라 인원수도 늘려서 말일세. 하지만 결과는 같았어. 그들 역시 돌아오지 못했다네."

금산청은 그제야 왜 남양 지단에서 인청각이 아닌 사현각에 도움을 청했는지 알 수 있었다.

한 번 보내서 돌아오지 못했다는 것은 두 번이나 세 번을 보내봐야 마찬가지가 될 확률이 높았다.

일단 북무림회를 적으로 돌렸다면 그만한 자신이 있었기 때문이 아니겠는가?

　그런 사실을 모를 남양 지단주가 아니기에 사현각에 도움을 청했으리라.

　하지만 이해가 되지 않는 것도 있었다.

　바로 본단의 처사다.

　왜 자신들을 보냈을까? 그만큼 이십일조를 믿기 때문일까?

　도무지 알 수 없는 일이었다.

　아무리 그렇다고는 하나, 일이 맡겨진 이상 최선을 다하는 수밖에는 없었다.

　“그런 일이 있었군요. 내일 저희들이 그곳에 가보겠습니다.”

　“진정 그럴 생각인가?”

　백무는 아무래도 걱정이 되는 듯했다.

　하지만 금산청은 단호했다. 그는 조원들을 돌아보며 말을 이었다.

　“그렇습니다. 걱정하지 마십시오. 만에 하나 잘못되더라도 자신들 몸 하나는 지켜낼 능력이 있는 이들입니다.”

　“자네 뜻이 그러하다면 말릴 수 없겠군. 그래도 조심해야만 하네.”

　“명심하겠습니다.”

　금산청은 머리를 숙였다.

＊　　　＊　　　＊

깊은 밤, 등주 현사문의 내실.

침상에 누워 눈을 감고 있던 사내가 조용히 입을 열었다.

"자언, 잠이 오지 않소?"

등곽의 외동딸이자, 이제 현사문주의 아들 마릉(麻夌)의 아내가 된 등자언(璔滋嗎)은 남편의 말에 몸을 돌아뉘었다.

그녀의 눈에는 눈물이 촉촉이 맺혀 있었다.

"가가, 제가 어찌 잠들 수 있겠어요."

마릉은 아내를 꼭 껴안았다.

"걱정하지 마시오. 장인어른께선 폐관에 들었다지 않소."

"하지만… 흑."

그녀는 끝내 말을 잇지 못하고 울음을 터뜨렸다.

마릉은 듣지 않아도 알 수 있었다.

등곽이 폐관에 들었다는 유금도문의 말을 믿지 못하기 때문일 것이다.

물론 자신도 믿지 않았다.

장인은 사랑하는 딸에게 전언도 남기지 않고 폐관에 들 분이 아니었다.

그런데도 모습이 보이지 않는다.

결국 장인은 큰 변을 당한 게 틀림없으리라.

하지만 그런 말을 차마 아내에게 할 수는 없었다.

"내일 내가 직접 유금도문에 가보겠소."

그 말에 등자언은 몸을 부르르 떨었다.

"아, 안 돼요. 거길 가시면 당신마저……."

"단지 한마디만 묻고 돌아올 거요. 설마 큰일이야 나겠소."

남편의 말에도 등자언은 불안해하기만 했다.

그녀가 다시 말리려는 순간,

덜컥!

문이 부서질 듯 열리며 푸른 무복의 사내가 뛰어들어 왔다.

"큰일 났습니다!"

마룽은 급히 자리에서 일어났다.

"무슨 일이냐?"

"유금도문이… 칠사귀가 들이닥쳤습니다."

"뭣이?"

마룽의 안색이 대변했다.

그들이 올 것이라고는 알고 있었다.

하지만 지금은 아니었다.

그들은 현사문이 항복을 결정하는 데 한 달이라는 말미를 주었고, 지금은 보름도 채 지나지 않았던 것이다.

마룽은 검을 잡았다.

"지금 어디 있느냐?"

"대청에 있습니다."

"아버님께는 알렸느냐?"

"문주님은 이미 그들과 맞서고 계십니다."

"……!"

그의 눈에서 불똥이 튀었다.

아버지가 비록 뛰어난 무인이기는 하나 칠사귀의 실력이 소문대로라면 감당키 어려웠다.

그는 급히 등자언을 돌아보며 말했다.

"그대는 여기 있으시오. 나는 아무래도 나가봐야 할 것 같소."

"저도……."

등자언이 몸을 일으키며 말했으나 마룽은 단호하게 외쳤다.

"안 되오! 그댄 여기 있으시오. 절대 밖으로 나오지 말고."

그는 뒤도 돌아보지 않고 방을 뛰쳐나갔다.

"가가……."

마룽의 뒷모습을 처연히 바라보는 등자언의 눈에서 눈물이 흘러내렸다.

쉭쉭, 파팟!

"크하하핫! 문주라는 작자가 겨우 이 정도밖에 안 되느냐?"

"닥쳐라, 이노옴!"

마룽이 대청에 도착했을 때는 이미 현사문주가 칠사귀 중

두 명과 혈투를 벌이는 중이었다.

나머지 칠사귀 다섯은 팔짱을 낀 채 여유로운 모습으로 관전 중이었고, 대청 곳곳에는 선혈이 낭자한 시신들이 널브러져 있었다.

시신들은 모두 푸른 무복을 입고 있어 단박에 현사문도라는 사실을 알 수 있었다.

현사문주는 단 두 명을 상대하고 있음에도 힘겨운지, 옷은 여기저기가 찢겨 나간 채 굵은 땀방울을 비 오듯이 흘리고 있었다.

일견에도 위태로운 상황.

"아버지!"

마릉은 크게 소리치며 신형을 날렸다.

하지만 그는 또 다른 한 명의 칠사귀에게 막혀 뜻을 이루지 못한 채 땅에 내려섰다.

"비켜라!"

마릉의 호통에 칠사귀는 비릿한 미소를 지었다.

"어딜 가시려고?"

"비키지 못하겠느냐?"

그는 검을 매섭게 휘둘렀으나 칠사귀는 가볍게 피해냈다.

마릉은 애가 탔다.

그가 이러고 있는 와중에도 아버지는 점점 수세에 몰리고 있었다.

그사이 한차례 더 칼을 맞고 비틀거리는 모습이 눈에 들어왔다.

"이야아!"

마릉은 닥치는 대로 검을 휘둘렀다.

몸과 마음이 안정돼야 제 위력을 발휘하는 게 무공이건만 그렇지 못하니 그의 공격은 헛된 몸부림에 불과했다.

"카하핫, 과연 현사문의 소문주답게 출중한 실력이로군!"

칠사귀는 마음껏 비웃으며 몸을 놀려댔다.

그는 도조차 마주치지 않은 채 신법으로만 시간을 끌고 있었다.

마릉의 눈이 분노로 막 뒤집히려는 찰나,

"이놈들!"

커다란 호통 소리와 함께 다섯 명의 청의중년인이 장내에 나타났다.

그들은 주위를 한번 둘러보더니 이내 사태를 깨닫고는 칠사귀를 향해 검을 뽑아 들었다.

"사숙!"

마릉의 얼굴에 언뜻 기쁨의 빛이 스쳤다.

나타난 청의중년인들은 현사문주의 사제들이었다.

유금도문에 칠사귀가 있다면 현사검문에는 이들이 있었다.

그들의 등장과 함께 마릉은 급속도로 안정을 찾아갔다.

칠 대 칠.

청의중년인 중 한 명은 문주를 협공하고 있는 칠사귀를 상대했고, 나머지 넷도 각기 한 명씩의 칠사귀를 맡아 공격을 퍼붓기 시작했다.

마룡은 이글거리는 눈빛으로 눈앞의 칠사귀를 노려봤다.

하지만 이상하게도 칠사귀의 미소는 더욱 짙어졌다.

"이젠 좀 할 만해졌나?"

그에겐 지금의 상황이 더욱 흥미로운 듯했다.

그의 미소를 보자 마룡은 덜컥 불안해졌다.

냉정히 생각해 보니 이들의 무위는 듣던 것보다 더욱 놀라왔다.

문파가 습격당하고 있다는 사실조차 제자가 보고하러 오기 전까지 알지 못했다.

지척에서 칼부림이 일어나고 있음에도 눈치채지 못했다는 사실은 다시 말해 적들의 실력이 그만큼 뛰어나다는 것을 말한다.

적들은 단 일곱.

문 내에 상주하고 있는 제자들은 서른이 넘는다.

그럼에도 비명 소리 하나 제대로 내지 못하고 죽어나갔으니…….

마룡은 검을 쥐고 있던 손에 힘을 주었다.

"이얍!"

그는 가타부타 검을 휘둘렀다.

이십 년 가까이 익힌 독문무공, 현사검법이었다.

"하하하, 말도 하기 싫다는 게냐? 좋다, 좋아. 마음껏 어리광을 피워봐라."

치칭, 팅!

검과 도가 맞부딪쳤다.

아니, 스쳐 갔다.

마룡은 처음과 달리 최선을 다하고 있음에도 칠사귀의 도가 만들어내는 장벽을 뛰어넘지 못했다.

'이럴 수가……'

마룡은 머릿속이 아득해졌다.

그의 실력은 다섯 숙부보다 뒤처지기는 하나 그렇다고 해서 약한 것만은 아니었다.

그럼에도 단 한 수의 우위도 점하지 못했다.

'숙부님들은……?'

마룡은 슬쩍 그들을 쳐다봤다.

아니나 다를까, 자신과 처지가 크게 다르지 않았다.

언뜻 보면 비슷하게 검을 주고받는 듯했지만 여유로운 쪽은 칠사귀들이었다.

그때 칠사귀 중 문주를 상대하고 있던 자가 크게 소리쳤다.

"사제들, 이제 끝내야 할 때가 되었다."

그러자 칠사귀들의 도법이 일변했다.

분명 여러 번 보아온 유금도문의 독문도법임에도 사이함
이 가득했다.

쉬쉬쉭!

도광이 밤하늘을 어지럽혔다.

그리고,

"크악!"

"컥!"

다섯 명의 중년인에게서 단말마의 비명이 튀어나왔다.

"숙부님!"

마룽이 소리쳤으나, 이미 그들은 가슴이 피범벅이 되어 쓰
러지고 있었다.

"크하하하!"

마룽을 상대한 칠사귀가 크게 웃으며 도를 휘둘렀다.

챙!

퍽!

"큭!"

일도에 검이 부러져 나가고, 이어지는 일도에 팔이 잘려졌
다.

무공의 고하를 떠나 내력에서 너무나 차이가 났다.

"이 악귀 같은……."

마룽의 눈에 핏발이 섰다.

출혈이 너무 심해 정신을 차릴 수 없었지만, 그럼에도 그는

칠사귀를 노려보는 것을 멈추지 않았다.

그것이 그가 할 수 있는 유일한 일이라는 듯.

칠사귀는 웃었다.

"네 아내는 걱정하지 마라. 우리가 잘 보살펴 줄 테니."

"……!"

"어린 계집이지만, 등 사형의 딸년이니까 말이다."

마룽은 입을 푸들거릴 뿐, 말이 나오지 않았다.

이것이었는가?

아직 약속한 날이 되지 않았는데도 쳐들어온 게 이것 때문이었나?

마룽의 눈에서 시뻘건 눈물이 흘러내렸다.

원통함과 치미는 분노로 모든 실핏줄이 터져 나갔다.

칠사귀의 모습 뒤로 아버지가 피를 뿌리며 쓰러지는 모습이 보였다.

'원귀가 되어서라도 네놈들을…….'

더 이상 마룽의 생각은 이어지지 않았다.

그의 머리가 주인을 잃고 땅에 떨어졌다.

*　　　*　　　*

남양 지단 한쪽에 마련된 조그마한 전각.

대청으로 오르는 돌계단에 위지극이 앉아 있었다.

“뭐 해? 밤도 늦었는데.”

갑자기 들려온 여인의 음성에 위지극은 상념에서 깨어났다.

고개를 돌리자 그곳엔 사연화가 부드러운 미소를 짓고 있었다.

“연화구나.”

“내일 일이 걱정돼서 그래?”

그녀는 조용히 위지극의 옆에 앉으며 물었다.

“아니.”

위지극은 가볍게 웃었다.

걱정은 되지 않는다.

이젠 무공에 자신이 생겼다.

아니, 그보다 혼자가 아니라는 사실이 더욱 힘이 되었다.

동료가 있다는 것, 그런 동료들 역시 후기지수라 불릴 정도로 강하다는 사실. 이를 잘 알고 있는 위지극이니 걱정할 필요가 없었다.

“그럼 무슨 생각을 하는데?”

위지극은 야릇한 미소를 지으며 고개를 돌렸다.

차마 사실대로 말해줄 수 없었다.

그는 어이없게도, 단 한 번밖에 만나지 않은 우희명을 생각하고 있었다.

기묘한 아이.

아는 것이라고는 오직 이름뿐인데도 그녀의 얼굴이 가끔씩 떠오른다.

왜 그런지는 알 수 없다.

"수상한걸……."

사연화가 미심쩍은 얼굴로 쳐다봤다.

"뭐, 뭐가 수상해?"

위지극은 마치 잘못을 저지르다 걸린 아이처럼 움찔거렸다.

"흐음……."

그녀는 이리저리 위지극을 쳐다보다 빙긋 웃었다.

너무 위지극을 닦달하는 것만 같았기에 이쯤에서 그만두기로 했다.

그리고는 웬일인지 조금 침울한 표정을 지었다.

"그런데 안됐다. 그지?"

위지극은 그녀가 무엇을 말하는지 알아채고는 고개를 끄덕였다.

"그러게. 혼인한 지 얼마 되지 않았다고 하던데."

현사문주의 장남과 유금도문주의 장녀.

둘이 가약을 맺은 지 채 한 달도 지나기 전에 유금도문주가 실종되었으니, 그들이 느낄 슬픔이 얼마나 클까.

짐작조차 하기 힘든 일이었다.

"다들 무사했으면 좋겠다."

그녀는 자신의 일처럼 중얼거렸다.

실종되었을 뿐, 아직 죽었다는 소식은 없으니 그렇게라도 생각하고 싶었다.

사연화는 위지극의 옆모습을 힐끗거렸다.

하지만 위지극은 딴 곳을 바라보고 있느라 이를 눈치채지 못했다.

이윽고 사연화의 입이 조심스럽게 떨어졌다.

"극아, 혹시……."

"응?"

위지극은 한참을 기다렸으나 그녀는 말을 잇지 않고 고개만 숙이고 있었다.

"무슨 일 있어?"

"그게……."

사연화는 쉽게 입이 떨어지지 않았다.

혼인에 대해 묻고 싶은데, 정혼자가 있냐고 묻고 싶은데 그럴 수 없었다.

위지극을 만나기 전까지는 스무 살 이전에 혼인한다는 것을 생각조차 하지 않던 그녀였다.

"답답하네. 뭔데 그래?"

위지극이 재촉하자 그녀는 겨우 입을 열었다.

"혼인에… 대해서 생각해 본 적 있어?"

"혼인?"

위지극은 순간 그녀의 의도를 몰라 어리둥절해했으나 이내 피식 웃으며 고개를 저었다.

"언젠가는 해야겠지만 아직은 아니라고 생각해."

"왜?"

사연화가 다시 물었다.

"어리잖아. 게다가 해야 할 것도, 하고 싶은 것도 많은데 혼인하게 되면 못하니까."

"왜 못해?"

사연화의 물음에 위지극은 일시지간 말문이 탁 막혔다.

"그야, 책에서……."

"책에서?"

"응, 혼인하게 되면 그리된다고 쓰여 있던데?"

사연화는 멀뚱거리는 눈으로 위지극을 쳐다보다 픕, 하고 웃음을 터뜨렸다.

그녀는 그 책을 지은 사람이 누군인지는 알 수 없지만, 어지간히 아내에게 주눅 들어 산 사람일 것이라 생각했다.

"그건 사실이 아니야. 혼인해도 얼마든지 할 수 있어. 단 나쁜 짓만 아니라면 말이지."

"흐음, 나쁜 짓만 아니라면 괜찮다?"

"당연하지. 옥살이하는 것도 아닌데."

"듣고 보니 그럴 것 같기도 하네."

위지극은 잠시 생각하는 눈치더니 단호하게 말했다.

“그래도 나중에 할래.”

“왜? 성천에 장래를 약속한 사람이라도 있어?”

“그게 무슨 소리야?”

사연화는 위지극이 자꾸 말을 돌리는 듯하자 내심 답답했지만 이왕 말이 나온 것 끝까지 해보기로 했다

“혼인할 사람이 있냐고?”

“그런 게 있었……!”

위지극은 뭐라 말하려다 급히 입을 다물었다.

혼인할 사람이 있었으면 자신이 왜 그렇게 애를 써가며 태평촌을 벗어나려 했겠는가?

그곳엔 자신의 또래 여자가 한 명도 없는데 말이다.

하지만 이를 말하는 것은 태평촌의 내부 사정을 알려주는 것과 다름없으니 함부로 발설할 수 없었다.

“없어.”

“그럼 밖에는? 아니, 강호에는?”

“당연히 없지. 나온 지 얼마나 되었다고.”

사연화는 위지극의 대답이 만족스러웠다.

자신을 생각하는 그의 속마음을 알 순 없지만, 지금은 이 정도 대답을 듣는 것만으로도 괜찮았다.

그녀는 벌떡 일어섰다.

“자, 그럼 이제 들어가자.”

“응?”

한참 말하다 말고 갑자기 일어서자 위지극은 그녀를 우두
커니 쳐다봤다.
　"잘 시간 됐어. 내일 일찍 출발해야잖아."
　"그래도 난 조금 더 있고 싶은데……."
　사연화는 생긋 웃으며 그의 팔을 끌었다.
　"누나 말 들어야 착한 아이지."
　"에? 뭐야? 편하게 지내자며 갑자기 웬 누나 행세?"
　위지극이 당황하여 소리쳤다.
　하나 그녀의 손을 벗어날 순 없었다.
　결국 위지극은 우희명의 대한 여운을 채 누리지 못하고 전
각 안으로 끌려들어 갔다.

第二十一章
유금도문(流金刀門)

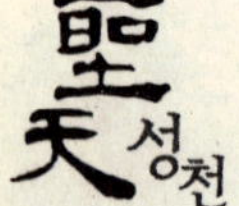

　인청각 이십일조는 남양 지단에서 하룻밤을 보낸 후 새벽
에 길을 나섰다.

　원래는 하루나 이틀쯤 쉬고 출발하려 했으나, 상황이 생각
했던 것보다 훨씬 심각했기 때문이다.

　등주에 도착한 일행은 문제가 되는 유금도문에 들르기에
앞서 현사문에 가보기로 했다.

　아무래도 직접적으로 도움을 요청한 문파인데다 남양 지
단에서 들은 것보다 더 많은 정보를 얻을 수 있진 않을까 해
서였다.

　다행히도 현사문은 등주 어귀에 위치해 있어 행로에 큰 지

장이 없었다.

해가 중천을 넘어가는 오후.

걸음을 서두른 덕분인지 위지극 일행은 생각보다 빨리 등주에 들어섰다.

"들은 대로라면 저기 보이는 커다란 장원이 현사문이 아닌가 싶습니다."

위도곡이 한곳을 가리키자 일행들이 눈을 가늘게 뜨고 쳐다봤다.

과연 저 멀리 작으나마 현사문이라 쓰인 현판이 눈에 들어왔다.

"맞네요, 현사문. 그런데 저 사람들은 누구죠? 이상한 걸 들고 들어가는데……."

위지극이 궁금한 듯 금산청에게 물었다.

그곳에는 몇몇 사람이 크고 네모난 나무 궤짝을 안으로 들이는 중이었다.

이를 지켜보던 금산청은 갑자기 안색을 딱딱하게 굳혔다.

"우리가 늦은 것 같다."

위지극은 그가 하는 말을 이해하지 못해 사연화에게 조용히 다시 물었다.

"저게 도대체 뭔데 그래?"

"관."

그녀의 대답은 단 한 마디였다.

그녀의 표정 역시 금산청과 같이 굳어 있었다.

'관?'

사람이 죽었을 때 쓴다는 물건이다.

위지극은 관을 본 적이 없었다.

지금까지 사람을 안장하는 모습을 보지 못한 것은 아니나 태평촌에서는 시신을 그대로 땅에 묻었기에 보고도 알지 못했다.

"그럼?"

"서두르자."

금산청은 서둘러 걸어갔다.

현사문 앞에 도착한 위지극은 수많은 관을 볼 수 있었다.

도대체 얼마나 많은 사람이 죽었단 말인가?

수십 개의 관이 연이어 집 안으로 옮겨지고 있었다.

아니, 들어가는 것만 있는 게 아니었다..

이미 시신을 담은 관은 밖으로 옮겨져 마차에 실리고 있었다.

'이렇게나 많이… 설마 모두 목숨을 잃은 건 아니겠지? 하다못해 그들만이라도……'

위지극은 혼인한 지 얼마 안 되었다던 부부를 생각했다.

"흐음……."

금산청은 침음성을 내뱉더니 짐꾼을 붙잡고 물었다.

"혹시, 여기에 현사문의 제자가 있습니까?"

"안에 들어가 보시오. 장 대인께서 주재하는 일인데, 당신이 찾는 사람이 그분인지는 모르겠소."

"고맙습니다."

금산청이 인사를 하고 안으로 들어가자 위지극도 급히 그 뒤를 따라 들어갔다.

현사문에 들어서 주위를 둘러보던 위지극은 이내 표정이 어두워졌다.

땅바닥 곳곳에 배어 있는 붉은 핏자국이 어림잡아도 수십 개가 넘었다. 게다가 돌아다니는 사람은 꽤 되었지만, 대부분이 관을 나르는 사람들이었고, 무인으로 보이는 사람은 두세 명에 불과했다.

금산청은 짐꾼들을 지휘하는 오십대의 남자를 찾고는 그에게 다가갔다.

"장 대인이십니까?"

그는 금산청을 위아래로 훑어보다가 불쑥 물었다.

"댁은 뉘시오?"

"북무림회에서 온 금산청이라 합니다."

"아, 북무림회. 참으로 일찍도 왔구려."

장 대인이란 자는 비꼬듯이 말했다.

하지만 금산청은 그에 대해 마땅히 변명할 말을 찾지 못했다.

　실상은 예상보다 그리 늦은 것도 아니나 이미 변을 당한 현사문을 보니 절로 입이 다물어졌다.

　"하면 문주께서는……?"

　"문주를 포함하여 모두 목숨을 잃었소. 마침 집에서 쉬고 있던 내 자식 놈과 몇몇만이 살아남았을 뿐이오."

　그의 말투는 몹시 사무적이어서 그가 장사를 업으로 하는 사람이라는 것을 어렵지 않게 짐작할 수 있었다.

　또한 대답에서 그의 아들이 현사문의 제자라는 사실도 알 수 있었다.

　"아드님은 어디에 계십니까? 몇 가지 묻고 싶은 게 있습니다만……."

　장 대인은 흥, 하고 콧방귀를 소릴 냈다.

　"그놈은 집에 있소. 복수니 뭐니 하며 생난리를 치기에 집에다 가두어놓고 대신 내가 나서서 뒤처리를 하고 있는 참이지. 그러니 물을 게 있으면 나에게 물으시오."

　금산청은 잠시 생각하는 눈치더니 어쩔 수 없다는 듯이 입을 열었다.

　"참변을 당한 게 언제였습니까?"

　"어젯밤. 나도 오늘 아침에서야 연락을 받았으니까."

　"피해자가 정확히 몇이나 되나요?"

　"문주와 그의 가족과 사형제, 그리고 제자를 합쳐 모두 마흔여덟이오. 소문주의 처는 아직 시신을 찾지 못했지만 그녀라고 살아 있겠소?"

"그럼 저 사람들은 누굽니까?"

금산청이 주위에 서성이고 있는 무인들을 가리켰다.

"저들은 내 호위요. 혹시나 해서 데리고 왔지. 그다지 필요
가 있을 것 같진 않지만."

그는 미덥지 않다는 듯한 눈으로 무인들을 쓸어 보았다.

"더 물을 건 없소? 나도 바쁘오. 아들 녀석이 하도 부탁해
나서기는 했지만, 빨리 끝내고 돌아가야겠소."

그는 더 이상 금산청과 대화를 나누고 싶지 않은 눈치였다.

금산청도 이를 알아채고는 급히 마무리를 지었다.

"대답해 주셔서 감사합니다."

현사문 밖으로 나와 유금도문으로 향하는 금산청은 표정
이 좋지 못했다. 그건 다른 조원들도 마찬가지였다.

"형님, 어떻게 하시겠습니까?"

위도곡이 조심스럽게 물었다.

다른 조원들도 모두 금산청의 대답만을 기다렸다.

하지만 그가 잠자코 있자 위지극이 의견을 내놨다.

"서둘러야 하지 않을까요? 아무래도 시신을 발견하지 못했
다는 그녀는 납치된 것 같은데."

"극이 말이 맞아요. 어쩌면 늦지 않았을지도 몰라요."

사연화가 덧붙였다.

금산청은 다른 이들을 돌아보며 넌지시 물었다.

"다들 그렇게 생각해?"

소유아와 위도곡 역시 고개를 끄덕였다.

"좋다. 이번엔 정면으로 부딪친다."

그는 사실 이번 일이 매우 위험하다 생각했다.

상대의 실력을 정확히 모르기 때문이다.

금산청은 조장으로서 다른 조원들의 안전을 책임지고 있었다. 하니, 지원을 요청하는 것도 하나의 방법이 될 수 있었다.

하지만 그러기에는 시간이 너무 모자랐다.

만약, 소문주의 아내인 등자언이 납치되었다면 유금도문이 지금까지 보인 행적으로 보아 오래 살려두지는 않을 터였다.

"절대 방심하지 말고, 마음 단단히 먹어야 돼."

유금도문 앞에 선 금산청이 마지막으로 주의를 주었다.

원래는 사현각에 맡겨질 일, 그만큼 이번 사안은 위험했다.

굳이 이를 몰랐다 하더라도 이미 이곳에 발을 들인 사람은 모두 실종된 상태였다.

"그야말로 용담호혈(龍潭虎穴)이군."

위도곡이 말했다.

하지만 그의 말 어디에서도 긴장하는 기색은 찾을 수 없었다.

그만큼 금산청의 수련은 효과가 있었다.

"그래도 호혈호자(虎穴虎子)라 했으니, 호랑이를 잡으려면 호랑이 굴에 들어가야겠죠. 그럼 우리가 사냥꾼이 된 건가?"

소유아가 어깨에 올려놓은 큼직한 흑전태도를 두드리며 말하자 금산청이 미간을 찌푸렸다.

"쉽게 생각하지 말라니까 또 그런다."

"내가 뭘요? 있는 대로 말했는데."

그녀는 입을 삐죽였다.

금산청은 그녀와 다투기 싫은지 손을 훼훼 젓고는 크게 소리쳤다.

"누구 없으시오!"

그러나 한참이 지나도 안으로부터 대답이 없었다.

"아무도 없을 리가 없는데……."

금산청은 다시 소리쳤으나 역시 응답이 없자 슬쩍 문을 밀어보았다.

그러자 문이 스르르 열리는 것이 아닌가?

"허술하네요."

혁조영이 조심스레 말을 꺼냈다.

"허술한 척하는 걸 수도 있지."

이번엔 위지극이었다.

혁조영은 위지극이 동의하지 않자 얄미운 듯 그를 슬쩍 째려보았다.

“어쩌죠?”

위지극이 금산청을 쳐다봤다.

금산청은 대답 대신 성큼성큼 걸어 들어가며 다시 소리쳤다.

“우린 북무림회에서 왔소.”

뒤따라 들어온 위지극은 너른 마당을 볼 수 있었다.

하나 이상했다.

오후가 되어 한창 분주할 시기이건만 사람 그림자조차 보이지 않았다.

마치 흉가에 들어선 듯한 착각이 들었다.

‘귀신놀이라도 하려는 속셈일까?

그때였다.

저 멀리서 한 사람이 나타나더니 자신들을 향해 곧장 뛰어오는 게 눈에 들어왔다.

그는 짙은 회색을 입은 이십대 청년이었는데, 생김새도 평범했고 병기조차 소지하지 않았다.

위지극 일행 앞에 당도한 청년은 숨이 차는지 헉헉거리며 허리를 조아렸다.

“북무림회에서 오셨지요?”

그의 질문이 의외인지라 금산청은 한차례 흠칫거렸다.

“그렇소.”

“늦어서 죄송합니다. 문주님께서는 이미 안에서 기다리고 계십니다. 저를 따라오시지요."

그러더니 일행의 대답도 듣지 않고 몸을 돌려 앞장서기 시작했다.

"우리가 올 것을 알고 있었다고?"

소유아가 고개를 갸우뚱거렸다.

"그랬겠지. 남양 지단의 무인을 죽이고 북무림회에 도움을 요청한 현사문을 멸문시켰으니 아마 본단에서 사람이 오리라 생각했을 거야. 아무래도… 산청이 형."

위지극이 부르자 금산청이 물었다.

"걱정돼?"

"그것도 그렇지만 그보다 이해 가지 않는 게 있어서요."

"어떤 점이?"

"남양 지단주 말이에요. 만약 저였다면 저희끼리 가는 걸 쉽게 허락하지 않을 듯한데 말이죠. 하다못해 사람이라도 몇 딸려 보내든지 했을 텐데."

"그건 말이다……."

금산청이 위지극의 어깨에 손을 올렸다.

"우리에 대한 예의에서 그런 것이야. 그분 역시 너와 같은 생각을 했을 것이다. 하지만 그런 말을 꺼낸다면 우릴 무시하는 것과 다름없지 않겠어?"

"그게 왜 무시하는 거예요? 도와주려는 거지."

위지극은 금산청의 말을 전혀 이해할 수 없었다.

“네 말도 맞다. 하지만 그게 강호에서 말하는 체면이라는 거야. 너처럼 상대의 호의를 호의로 받아들이는 사람도 있지만, 자신을 무시한다 생각하는 사람도 있기 마련이거든. 아니, 강호에서는 오히려 그런 사람들이 더 많아.”

“전 여전히 잘 모르겠네요.”

위지극이 도리질을 하자 금산청이 희미하게 웃었다.

“너도 강호밥을 오래 먹게 되면 자연스레 알게 될 거다. 그보다⋯⋯.”

“빨리 오십시오! 문주님께서 기다리십니다!”

사람들이 자신을 따라오지 않자 청년이 뒤돌아보고는 크게 소리쳤다.

회의청년을 따라 연무장을 지나치자 하나의 화원이 나타났다.

화원은 그리 크진 않았으나, 피어 있는 꽃들의 향기는 매우 감미롭고도 향긋했다.

화원을 가로지르는 길을 걷고 있자니 긴장했던 마음이 어느 정도 풀리며 정신이 맑아지는 듯했다.

소유아가 호기심이 인 듯 꽃을 하나 꺾어 향기를 맡더니 위도곡을 돌아봤다.

“오라버니, 이거 이름 알아?”

그녀는 박학다식한 그라면 능히 알고 있으리라 생각했다.

하지만 위도곡은 고개를 저었다.

"처음 보는 꽃이다. 그리고 피어 있는 꽃을 함부로 꺾는 건 좋지 않아."

소유아는 얼굴을 찡그리더니 들고 있던 꽃을 휙 하고 던져 버렸다.

"뭐야? 알지도 못하면서 잔소리는……."

그 모습을 본 위지극은 희미하게 웃으며 사연화를 돌아봤다.

그녀도 꽃향기에 영향을 받았음인가, 처음과는 달리 표정이 많이 누그러져 있었다.

"진정이 좀 돼?"

위지극의 말에 사연화는 조용히 고개를 끄덕이고는 숨을 골랐다.

"고마워."

"다행이야. 너답지 않게 너무 날카로워져 있는 듯해서 걱정됐는데."

그녀는 가벼운 미소를 지었다.

사실 그랬다.

마치 팽팽하게 당겨져 있는 실과 같았다.

당겨진 실은 단 한 번에 모든 힘을 쏟고는 끊어지고 만다.

하지만 무인이 그래서는 안 됐다.

그런 면에서는 오히려 어린 소유아가 나아 보였다.

그녀는 철이 없는 듯이 행동하지만, 그렇다고 해서 지금의 상황을 모를 정도로 철부지는 아니었다.

그녀라고 왜 화가 나지 않겠는가?

그녀는 그녀 나름대로 준비하고 있는 것이다.

때가 되면 소유아의 흑전태도는 무자비한 적염(赤炎)을 번뜩일 게 틀림없었다.

화원을 지나자 드디어 문주의 거처인 듯한 커다란 가옥이 나타났다.

과연 그 생각이 맞았는지, 회의청년이 가옥으로 급히 뛰어들어 갔다. 그런데…….

"끄아악!"

갑자기 찢어지는 비명 소리가 들려왔다.

"엇!"

"헛!"

누구의 비명인지는 묻지 않아도 알 수 있었다.

위지극 일행은 놀란 얼굴로 서로를 마주 보더니 누가 먼저랄 것도 없이 가옥 안으로 몸을 날렸다.

그 순간,

쉬이익!

모옥 안에서 정체 모를 커다란 물체가 튀어나와 일행을 덮쳐 왔다.

그것도 하나가 아닌 두 개였다.

“차앗!”

가장 앞서 나갔던 위도곡의 입에서 힘찬 기합 소리가 터져 나왔다.

그리고 어느새 뽑혀 나왔는지 하나의 검이 빠르게 좌우로 휘둘러졌다.

퍼퍽!

날아오던 물체가 양분되어 땅바닥을 뒹굴었다.

시뻘건 피를 뿌리는 네 조각 난 물체.

“흡.”

위도곡은 그것의 정체를 확인하고는 격한 숨을 들이켰다.

그건 방금 전까지만 해도 자신들을 안내하던 회의청년의 몸뚱이였다.

이미 안에서 두 동강이 되어 밖으로 내던져진 것이었다.

“이……!”

위지극의 미간이 꿈틀거렸다.

그의 눈 깊숙한 곳에서 살기가 일렁이기 시작했다.

이윽고 가옥 안에 들어선 이십일조원들은 자신의 눈을 의심할 수밖에 없었다.

음식이 가득 차려진 기다란 탁자.

그리고 느긋하게 음식을 들고 있는 똑같은 옷의 여섯 중년인.

그들의 표정은 그야말로 태평스럽기 그지없었다.

이들의 모습만 봐서는 방금 전에 과연 살인이 일어났나 하는 의심이 들 정도였다.

하지만 청년이 죽임을 당한 것은 어김없는 사실이었다.

이를 보여주기라도 하듯 한 사내가 자신의 옷으로 도를 닦으며 중얼대고 있었다.

“멍청한 새끼가 그것 하나 빨리빨리 못하고 있어. 그러려면 뭐 하러 살아남았어? 일찌감치 뒈져 버리지. 뭐, 지금이라도 늦진 않았지만. 크크.”

위지극은 이들을 보고 있자니 욕지기가 치밀었다.

막정산채에 있던 놈들보다 더 구역질이 났다.

“당신들이 칠사귀요?”

위지극의 말에 중년인들은 약속이나 한 듯 동시에 행동을 멈췄다.

다만 유일하게 일어서 있던 청년을 벤 중년인이 눈썹을 씰룩였다.

“햐아, 이거 새까맣게 어린놈의 새끼가…….”

위지극의 손이 천천히 검파를 잡아갔다.

바로 그때,

“손님들이 도착했으면 대접을 해야지 도대체 뭣들 하고 있는 거야?”

갑작스레 들려온 목소리에 모두의 시선이 한쪽을 향했다.

그곳엔 막 한 중년인이 안으로 들어서고 있는 참이었다.

그는 음식이 든 쟁반을 한 손에 들고 있었는데, 얼굴에는
은은한 미소가 어려 있었다.

붉은 장삼에 허리에 한 자루의 도를 찬 중년인, 바로 현 유
금도문주인 노대후였다.

"사형, 아, 글쎄. 이놈이 말입니다."

"됐어."

노대후는 그의 말을 무시하고는 위지극 등에게 말했다.

"북무림회에서 오셨소?"

금산청은 위지극의 행동을 제지하듯 어깨를 한차례 두드
리고는 대답했다.

"그렇소."

"생각했던 것보다 어리시구려. 아마도 인청각에서 오시지
않았을까 싶소만."

"바로 보았소."

노대후는 피식 웃고는 손짓을 했다.

"자, 자. 그렇게 서 있지만 말고 이리 와 앉으시오. 마침 식
사를 들던 참이었는데 잘되었구려. 함께 듭시다."

금산청은 그를 잠시 쳐다보다 자리에 앉았다. 그러나 그의
말대로 음식을 입에 대지는 않았다.

다른 이들 역시 조장을 따라 자리에 앉았을 뿐, 언제라도
출수할 준비를 갖춰놓고 있었다.

그 모습을 지켜보던 노대후가 너털웃음을 터뜨렸다.

"허허, 이거야 원. 삭막해서 식사를 할 수가 있겠나. 왜 들지 않으시오? 설마하니 독이라도 탔을까 봐 그러오?"

농담 아닌 농담에도 아무런 반응을 보이지 않자 그는 입맛을 다시며 할 수 없다는 듯이 중얼거렸다.

"먹기 싫음 말고. 한데 어인 일로 오셨소?"

그러면서도 연신 음식을 맨손으로 입으로 가져가고 있었다.

"우린 중재를 부탁받았소."

"중재? 어디와?"

"현사문이오."

"아하, 거기."

그는 마치 이제야 알았다는 듯이 무릎을 탁, 내려쳤다.

"현사문에서 벌어진 일, 당신들 소행이오?"

금산청의 목소리가 낮게 가라앉았다.

그는 억지로 참고 있었다.

만약 사라진 남양 지단의 무인들과 등자언이 아니었다면 검으로 이야기를 나누었을 터였다.

노대후는 그런 금산청의 심정을 아는지 모르는지 씨익 웃었다.

"부정하진 않겠소. 그건 나의 사제들이 한 일이오. 그래서?"

"왜 그랬소?"

"같은 무림인끼리 그 정도는 알 텐데 왜 묻고 그러시오. 당연한 것 아니겠소? 이곳을 제패하는 데 있어 걸림돌이 되었으니 없애 버렸지."

그 말에 위지극은 주먹을 불끈 쥐었다.

"미쳤군."

위지극은 자신도 모르게 내뱉었다.

노대후가 위지극을 바라봤다.

"미쳤다? 이 내가?"

"미친 게 아니라면 어찌 그런 짓을 할 수 있나?"

위지극의 입에서는 당연하다는 듯이 반말이 튀어나왔다.

하나 그런 위지극의 말에도 노대후는 얼굴빛 하나 찌푸리지 않았다.

"꼬마야, 그건 당연하다니까? 조금 전에도 말했잖아. 강호에서는 그게 법도라고. 네가 너무 어려서 아직 강자존이란 말도 들어보지 못한 듯하구나."

위지극은 그를 한참 동안 바라봤다. 그리고는 조용히 말했다.

"아니, 물론 들어봤지. 다만 그렇게 말한 사람이……."

"……?"

"모두 내 손에 죽었다는 게 문제지."

그 말에 노대후는 멍청하니 두 눈을 끔뻑이다가 갑자기 대소를 터뜨렸다.

"크하하핫, 그래서 나도 죽이겠다?"

"안 될 것 뭐 있어. 자기 입으로 한 말이니 아쉽지도 않겠네."

"어려어려. 아직 너무 어려."

노대후는 미소를 지으며 고개를 저었다.

그에게는 위지극이 하는 소리가 정말로 어린애의 치기 어린 말로만 들린 듯했다.

"한 가지만 묻지. 남양 지단에서 온 사람들과 등자언이란 여자는 어디에 있나?"

"내가 말해줘야 하나?"

"말해줘야만 할 거야."

노대후는 예의 미소를 지으며 위지극을 바라봤다.

마치 어린애를 대하는 듯한 눈빛이었다.

노대후는 현사문이 북무림회에 도움을 요청한 사실을 미리부터 알고 있었다.

또한 남양 지단에서 본단에 연락을 했다는 사실 역시 알고 있었다.

그래서 출중한 고수들이 이곳을 방문하리라 예상하고 있었던 것이다.

한데 본단에서 왔다는 자들이 아직 스물도 채 안 된 어린애들이었으니 실소가 나올 지경이었다.

이상한 것은 금산청의 반응이었다.

그는 방금 전과는 달리 위지극이 나서서 말하는데도 말리지 않고 있었다.

"좋다. 그까짓 거, 알려주는 게 뭐 대수라고."

노대후는 상에 차려진 교자를 몇 개 집어 들고는 말을 이었다.

"그들은 모두 죽었다. 등자언이 가장 늦게 죽었지, 오늘 아침 일이었으니까."

그는 히죽거리며 교자를 한입 베어 물더니 와작와작 씹기 시작했다.

"그랬군."

위지극이 천천히 자리에서 일어났다.

그에게서는 이제 확연히 느껴질 정도로 살기가 뿜어져 나오고 있었다.

살려둘 필요가 없는 자들.

그것이 위지극이 내린 결론이었다.

"어이, 손을 쓰려고?"

위지극은 노대후의 말에 대답하지 않았다. 대신 검이 천천히 검집에서 빠져나오고 있었다.

이를 똑똑히 보면서도 노대후는 여전히 여유로웠다.

"나도 질문 하나만 하자. 지금까지 나만 대답했으니 이건 너무 불공평하잖아?"

"말해."

위지극은 검을 반쯤 뽑은 상태에서 말했다.

"이번에 본단에서 나온 사람은 너희가 전부인가?"

위지극이 금산청을 쳐다보자 그가 고개를 끄덕였다.

"그렇소."

"그래?"

노대후가 교자를 든 손을 까닥거렸다.

"섭섭한데. 나를 그 정도로밖에 보지 않았다니 말이야. 뭐, 괜찮아. 네놈들이 돌아오지 않으면 더 센 놈들을 보내줄 테니까."

파파파팟!

그 말이 끝나는 순간, 노대후의 손에 들려 있던 교자가 빛살처럼 쏘아져 나갔다.

각기 한 명씩을 노리고 발출된 여섯 개의 교자는 눈 깜짝할 사이에 목표에 다다르고 있었다.

하나 이십일조원들의 반응도 이에 못지않았다.

"차앗!"

그들은 동시에 뒤로 몸을 날렸다.

차차창! 퍼퍽!

사연화와 위도곡, 금산청은 검을 휘둘러 막아냈다.

반면 혁조영은 대라선장을 펼쳐 교자를 부수었고, 소유아는 도황의 신법인 궁행태보로 피해냈다.

"호오."

놀랍다는 듯이 노대후가 자리에서 일어났다.

"보기보단 한 수가 있었구만그래. 한데 너는?"

그는 위지극을 보며 혀를 찼다.

"알고 보니 네가 제일 별 볼일 없는 놈이었구먼. 쯧쯧."

위지극, 그는 다른 조원들과 달리 완벽히 피해내지 못했다.

비록 노대후가 처음에 노린 심장과는 거리가 있지만, 어깨어림을 스쳐 피를 흘리고 있었다.

"극아, 괜찮아?"

사연화가 놀라 소리쳤다.

위지극은 상처를 힐끔 쳐다보고는 노대후를 향해 기이한 미소를 지었다.

"맞아. 내가 우리들 중에서 가장 별 볼일 없는지도 몰라. 그래도 겨우 이 정도 상처를 입혀놓고 좋아하는 너보다는 나은 것 같은데?"

"훗훗훗, 어린놈이 기만 살아 가지고. 사제들!"

노대후는 뒤로 두어 걸음 물러서며 칠사귀를 불렀다. 그러자 기다렸다는 듯이 칠사귀가 입을 닦으며 일어섰다.

"겁쟁이군."

위지극이 비웃듯이 말했다.

"두고 보면 알겠지. 모두 사로잡아."

노대후의 마지막 말은 칠사귀를 향한 것이었다.

칠 대 육의 싸움.

비록 한 명이 적었으나 이십일조원들 중 누구 하나 이에 신경 쓰거나 겁을 집어먹은 사람은 없었다.

그만큼 무공에 대해서만큼은 자신이 있었다.

"크크크크!"

괴상한 웃음소리와 함께 칠사귀가 달려들었다. 그렇게 일장의 싸움이 시작되려 할 때,

"잠깐!"

위지극이 크게 소리쳤다.

하지만 이십일조원은 그렇다 치더라도 칠사귀가 그의 말을 들을 리 없었다.

"멈춰!"

그렇지만 뒤이어지는 노대후의 명령에 칠사귀는 거짓말처럼 행동을 멈췄다.

그들은 언제라도 도를 뿌릴 준비를 하며 노대후의 말을 기다렸다.

"뭔데 그래?"

노대후가 실실 웃으며 물었다.

위지극은 그를 노려보며 나지막이 말했다.

"내가 너희 모두를 상대하겠다."

"뭐?"

노대후가 어이없다는 듯이 되물었다.

"귀가 먹었나? 내가 모두 죽여주겠다고 했다."

위지극의 목소리가 조금 커졌다.

"극아……?"

뒤에서 사연화가 걱정스런 음성으로 불렀다.

하지만 위지극은 단호했다.

"걱정 마. 너까지 손을 쓰게 하진 않을 테니까."

그녀는 차마 위지극에게 말 못하고 금산청을 바라봤다, 대신 말려 달라는 듯이.

하지만 금산청은 묵묵히 있다가 오히려 검을 집어넣었다.

"오라버니!"

"나는 극일 믿는다."

"말도 안 돼요. 저들은 분명……."

금산청은 그녀가 말하지 않아도 알았다.

칠사귀라 불리는 이자들, 부정할 수 없는 고수였다.

단 일곱이서 현사문을 멸문시켰으니, 이는 이미 증명된 사실이었다.

하지만…….

위지극이 그런 말을 한 데에는 이유가 있으리라 믿었다. 아니, 자신이 있기에 했을 것이다.

북무림회에서 보여주었던 그 검법.

그 하나만을 보아도 위지극이 결코 자신의 아래가 아니라는 사실을 짐작할 수 있었다.

"뭐야? 혼자 멋있는 척하려는 거야?"

소유아가 흑전태도를 어깨에서 들썩거리며 웃었다.

이 상황에서의 미소.

그녀 역시 금산청과 마찬가지로 나설 뜻이 없는 듯 보였다.

사연화는 나머지 위도곡과 혁조영을 돌아봤다.

"난 사부를 믿어."

혁조영이 읊조리듯 말했고, 위도곡은 어깨를 으쓱였다.

사연화는 왠지 자신만 외톨이가 된 기분이었다.

왜 자신만 극이가 혼자 나서는 걸 반대할까?

그녀는 모르고 있었지만 어쩌면 당연한 이유에서였다.

사연화는 위지극을 동료 이상으로 생각하고 있었기 때문이다.

어느 누가 자신이 연정을 품고 있는 이의 위험을 방치하겠는가?

그건 아마도 위지극이 절대무적의 고수가 되기 전까지는 불가능할지도 몰랐다.

한편 노대후는 이들이 하는 꼴을 어처구니없다는 표정으로 지켜보다 실소를 흘렸다.

"북무림회에서는 간이 부은 놈들로 사람을 뽑나 보군. 좋아, 좋아. 네 소원대로 해주지."

그는 칠사귀에게 눈짓을 줬다.

하나 이번에 칠사귀가 자신들끼리 쳐다보며 주저하는 모습이었다.

애송이 하나 처리하러 일곱이 달려들자니 도저히 못할 짓이었다.

그러자 노대후의 불호령이 떨어졌다.

"뭘 보고만 있어? 안 할 거야?"

칠사귀는 이에 흠칫하는가 싶더니 곧바로 위지극을 향해 달려들었다.

위지극은 짙은 살기를 뿌리며 달려드는 칠사귀를 바라보면서도 옅은 미소를 지우지 않았다.

다행이었다.

자신이 익힌 혼원무흔검의 초반 이초식은 다수의 적들을 상대하기에 적당했다.

때문에 몇 번밖에 사용하지 못한다는 제약이 있는 입장에서 단 한 명의 칠사귀에게 펼치는 것은 낭비였다.

더구나 여러 명이 뒤엉켜 싸우는 와중에는 펼치기 힘들다는 단점도 있었다.

검풍에 동료들마저 휩쓸릴 수 있기 때문이다.

드디어 위지극의 검이 뽑혀져 나왔다.

그리고 빠르게 허공을 갈랐다.

혼원무흔검법 제일초 우극탄천!

단, 위지극은 이번엔 비무대회에서처럼 힘을 조절하지 않고 마음껏 펼쳤다.

쉬아아악!

드르르릉.

매서운 바람 소리와 함께 거친 광풍이 대청을 뒤흔들었다.

"엇?"

노대후가 두 눈을 부릅떴다.

뒤이어,

타타타탕!

"크아악!"

"컥!"

"흐읍!"

도가 부러져 나가는 소리와 칠사귀의 비명 소리가 연이어 터져 나왔다.

음식이 놓여 있던 탁자는 산산이 부서져 바닥에 흩어졌고, 도편이 빛을 뿌리며 사방으로 날아갔다.

그리고 공격에 나섰던 칠사귀.

그들 중 다섯 명은 피범벅이 된 채 즉사했고, 가장 끝에 위치해 있던 두 명만이 비틀거리며 물러서고 있었다.

하나 그들 역시 무사하진 못했는지 얼굴엔 핏기가 한 점도 없었다.

'이게……'

노대후의 눈빛이 크게 흔들렸다.

두 눈으로 보고 있으면서도 믿지 못할 일이다.

'세상에 이런 검법이 있다니……'

한낱 애송이로 생각해 염두조차 두지 않았는데, 단순히 허세라고만 생각했는데 그게 아니었다.

놀라는 것은 비단 노대후만이 아니었다. 이십일조원 역시 마찬가지였다.

'이 정도 위력이었군.'

금산청은 탄복해 마지않았다.

지난날에 보았던 것과는 확연히 달랐다.

그때와는 십분 위력을 발휘한 차이가 있는데다 가까이서 보니 검의 무서움이 피부로 다가왔다.

"잘 보았… 이놈!"

노대후는 뭔가 말을 꺼내려다 깜짝 놀라 크게 소리쳤다.

위지극이 물러서고 있는 남은 두 칠사귀를 향해 덮쳐 가고 있는 게 아닌가?

"차앗!"

위지극이 크게 소리쳤다.

"헛!"

두 칠사귀는 간이 철렁하여 안간힘을 다해 뒤로 신형을 날렸다.

하지만 뒤에는 이미 벽, 더 이상 물러설 곳이 없었다.

이때를 놓치지 않고 위지극의 검이 다시 허공을 갈랐다.

두 명의 칠사귀는 도를 미처 휘둘러 보지도 못했다.

그들이 할 수 있는 건 오로지 목이 터져라 비명을 지르는 것뿐이었다.

쾅쾅!

"큭!"

"아악!"

위지극의 검에 깃든 힘은 칠사귀를 자르는 것으로는 성이 차지 않았는지 벽까지 함께 잘라냈을 뿐만 아니라, 뒤로 밀어내기까지 했다.

쿵!

돌벽이 뒤늦게 땅에 쓰러지며 커다란 소리를 냈다.

혼원무혼검 제이초 망사불악(忘死拂惡)이었다.

망사불악은 우극탄천과 유사하면서도 달랐다.

두 초식 모두 중검이면서도 넓은 범위까지 검력이 미치는데 반해, 그 힘이 우극탄천은 아래로, 망사불악은 뒤로 쏟아낸다는 점이 달랐다.

그래서 결국 돌벽을 일 장가량 밀어낸 것이었다.

위지극은 네 동강으로 변한 칠사귀를 잠시 내려다보더니 신형을 돌려세웠다.

"이젠, 당신 혼자 남았군."

"……!"

위지극의 말에 노대후는 입꼬리를 씰룩였다.

第二十二章
요금화(撓禁花)

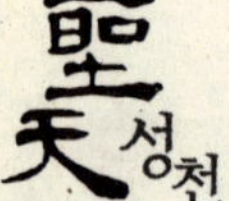

노대후의 입가에 머물던 미소가 사라졌다.

사제이자 수하로 부리던 칠사귀가 일 초식도 버티지 못하고 쓰러졌다.

"내가 없는 동안 북무림회도 많이 발전했나 보군. 인청각이라 해서 별 볼일 없는 놈들만 있는 줄 알았더니, 나름 재주가 있어."

노대후의 표정은 목석처럼 딱딱했다.

하지만 겁을 먹어서나 당황해서가 아니었다.

오히려 의식적으로 짓고 있던 미소가 사라지자, 그 본연의 모습이 나타난 것이었다.

"한 번만 더 묻지. 그들은 정말 죽었나?"

위지극이 물었다.

남양 지단의 무인을 말함이다.

노대후는 대답하지 않았다. 대신 도를 천천히 뽑았다. 그리고 혼잣말처럼 중얼거렸다.

"도광을 본 게 언제였는지 기억조차 나지 않아. 과연 언제였을까……."

그의 시선은 자신의 도에 못 박혀 있었다.

"죽었나!"

"그래, 꼬마야."

여전히 도에게서 눈을 떼지 않은 채 노대후가 대답했다.

"깨끗이 죽여줬지. 무인이란 놈들이 돼지처럼 비명을 질러대며 죽어가더군. 볼썽사나웠어. 차라리 사질이 훨씬 나았단 말이야."

위지극의 눈빛이 한순간 매서워졌다.

"그녀도 네가?"

"당연하지. 그런 맛좋은 걸 사제들에게 양보할 리 있나. 그래도 그 계집은 칼이 몸에 쑤셔 박히는 순간에도 조용했어. 남편 이름만 조용히 불러대더군."

위지극은 그를 노려보다 이윽고 검을 천천히 곧추세웠다.

그가 익힌 자심연도는 현재 칠성, 완벽하진 못해도 세 번의 초식을 펼칠 수 있었다.

이제 그 마지막 초식인 금고진천을 사용할 셈이었다.

그런데…….

"꼬마야, 아직도 서 있을 수 있나?"

메마른 노대후의 음성이 들려오는 순간, 갑자기 진기가 급속도로 사그라졌다.

'……?'

진기만 사라지는 게 아니었다. 전신의 힘이 점차 빠져나가더니, 곧 다리가 후들거리기 시작했다.

'이… 이게 어떻게 된 거지?'

위지극은 비록 표정엔 변함이 없었지만, 내심 당황스러웠다.

'설마!'

그는 급히 뒤돌아봤다.

한데, 소유아와 사연화가 바닥에 주저앉아 있는 게 아닌가?

혁조영과 위도곡은 이제 막 쓰러질 것처럼 비틀거리고 있었고, 가장 내공이 심후한 금산청만이 그나마 제대로 서 있었다.

하나 그 역시 땀을 비 오듯이 흘리고 있어 억지로 버텨내고 있음을 미루어 짐작할 수 있었다.

"괜찮아요?"

금산청은 말하기도 버거운지 겨우 고개만 끄덕였다.

하지만 그가 거짓말을 하고 있다는 사실은 어린아이라도
알 수 있을 정도였다.

'어쩌지? 나도 이제 거의 한계에 왔는데.'

한 번만 더 공격하면 되는데, 초식은커녕 검을 들어 올릴
수도, 휘두를 수도 없었다.

그러는 와중에도 서서히 힘이 풀리더니 결국 위지극은 주
저앉고 말았다.

"어린놈이 그래도 꽤 오래 버티는구나."

노대후는 여전히 시체처럼 딱딱한 표정으로 입을 열었다.

"독인가?"

위지극이 겨우 물었다.

"대단해! 아직 말도 할 수 있고 말이야. 그래, 독이다. 진기
를 풀어헤치고 무력하게 만드는 절독이지."

"언… 제……?"

노대후는 독공을 익히지 않았다고 했다.

그가 만약 당가의 사람이었다면 절묘한 하독이라 인정하
겠지만, 그가 한 것이라고는 오직 도를 뽑아 든 것뿐이었다.

"설마 그 도에……?"

노대후는 고개를 저었다.

"어리석은 생각을 하고 있군. 이거 말이냐?"

그는 자신의 도를 혀로 핥았다.

"그러기에 남의 집에 왔으면 조심스럽게 행동했어야지. 꽃

을 함부로 꺾으면 쓰나. 안 그래?”

  ‘꽃!’

  문득, 지나왔던 화원이 생각났다.

  마음을 편안하게 해주던 그 꽃이 바로 독화(毒花)였단 말인가?

  “이제 알겠지? 그게 바로 요금화(撓禁花)라는 거다. 독성이 지속되는 시간은 짧지만 그만큼 지독하지. 이 도가 네 살을 갈라도 움직이지 못할 만큼 말이야.”

  그는 시퍼렇게 번쩍이는 도를 위지극의 다친 어깨에 가져다 댔다.

  도의 차가운 기운이 느껴졌다.

  ‘어떻게든…….’

  푹!

  듣기 싫은 소리가 들리며 고통이 밀려왔다.

  그 고통 때문에 생각이 이어지지 않았다.

  도가 살을 뚫고 어깨뼈에 닿은 듯했다.

  “어때? 그래도 느낌은 살아 있지?”

  노대후는 여전히 무뚝뚝한 표정이었다.

  하지만 위지극은 마치 그가 비릿한 미소를 짓고 있다는 착각이 들었다.

  “신기해. 내가 요금화를 심어놓은 것은 너희 같은 잔챙이를 위해서가 아니었는데 이렇게 요긴하게 사용될 줄이야.”

위지극은 그의 말이 귀에 들어오지 않았다.

그가 말을 하면서도 도를 아래로 내리긋고 있었기 때문이다.

뼈가 갈리는 소리가 환청처럼 들려왔다.

위지극은 마음이 급했다.

자신은 역천지신이라 죽음에 대한 걱정을 하지 않았지만, 문제는 동료들이었다.

언제 그가 자신에게서 떨어져 사연화나 혁조영에게 도를 쑤셔 박을지 몰랐다.

그전에 어떻게든 공력을 회복해야만 했다.

때문에 고통을 느끼면서도 노대후가 자신에게서 최대한 오래 머물러 있기를 바라고 있었다.

위지극은 가까스로 노력해 겨우 미소를 지었다.

"웃어?"

노대후의 도가 멈췄다.

"강단은 살아 있다, 이건가? 응?"

도의 움직임이 변했다.

이번엔 갈지자를 그리며 파 내려갔다.

이가 덜덜 떨리려 했다.

'더럽게도 아프네.'

위지극은 속으로는 욕을 하면서도 겉으론 미소를 유지했다.

그리고 선천칠기를 끄집어내려 했다.

요금화, 어떤 식으로 공력을 방해하는지 알 것만 같다.

모든 기혈과 혈과 혈을 잇는 통로가 안개와 같은 것으로 가득 차 있었다.

그런 안개를 뚫고 진기를 휘돌려 대주천을 이루기란 불가능에 가까웠다.

하나 이는 어디까지나 단전에만 진기가 모이는 일반적인 심법의 이야기다.

위지극이 익힌 것은 무혼심결에 따른 자심연도다.

모두 일곱 곳에 나누어 진기를 모은다.

때문에 가장 중추가 되는 단전까지의 거리가 여타 심법에 비해 가까웠다.

위지극은 고통을 느끼면서도 선천칠기를 일으켰다.

시작은 괜찮다. 진기가 느껴진다. 그의 말이 거짓이었는지 완벽히 사라지진 않은 것 같다.

하지만 이는 위지극의 착각이었다.

사실 그를 제외한 모든 이들의 공력은 이미 바닥으로 떨어진 상태였다.

위지극도 마찬가지로 그동안 간직하고 있던 진기는 모두 소진됐다.

다만 새로이 선천진기가 차오른 것뿐이었다.

이를 모르는 위지극은 다행이라 생각하면서 천천히 단전

쪽으로 진기를 이동시키려 했다.

'잘 안 되네.'

한 치를 전진하지 못하고 안개에 가로막혔다.

진기가 움직이려는 힘이 강하면 강할수록 안개는 솜처럼 뭉쳐져서 더욱 강하게 진기의 흐름을 방해했다.

그동안 노대후는 한쪽 팔을 끝마치고 다리로 도를 옮겼다.

'아직 많이 남았으니까 괜찮아.'

위지극은 억지로 스스로를 위안했다.

아직도 두 다리와 한 팔이 남아 있었다.

아니, 몸통도 남아 있었으니 시간은 충분히 벌 터였다.

오로지 바라는 것은 진기를 회복한 후 검법을 펼칠 수 있게 한쪽 팔이나마 무사하든지 아니면 회복이 되는 것이었다.

하나 이를 지켜보고 있는 사연화는 침이 말라갔다.

그녀뿐만 아니라 다른 조원 역시 마찬가지였다.

뼈가 쓸리는 듯한 드득거리는 소리가 귀를 어지럽혔다.

도와주고 싶은 마음은 굴뚝같은데 몸이 움직이지 않으니 멍하니 바라보고 있는 수밖에 없었다.

특히 금산청은 더욱 괴로웠다.

위지극의 고통이 자신의 것처럼 느껴졌다.

"크……."

그가 부들거리는 손으로 겨우 검을 들어 올리더니 자신의 다리에 찔러 넣으려 했다. 그러나,

쩔그렁.

검은 힘없이 그의 손을 벗어나 땅에 떨어졌다.

"어이, 가만히 있어. 그런다고 독성이 사라지는 건 아니니
까. 보면 몰라? 이놈도 아직 그대로잖아."

노대후가 어리석다는 듯이 말했다.

그는 금산청이 독성을 이기기 위해 몸에 고통을 주려 한다
고 믿었다.

그러나 그건 반만 맞았다.

고통을 주려 한 것은 사실이었다. 하지만 독성을 이겨내기
위해서는 아니었다.

위지극 혼자만 당하고 있는 것이 참을 수 없었기 때문이다.

이는 사연화도 마찬가지였다.

마치 제 살이 찢겨 나가는 듯한 고통이 느껴졌다.

하지만 통탄스럽게도 그녀가 할 수 있는 것은 오직 그를 바
라보는 것뿐이었다.

한편 위지극은 진기를 휘돌리는 게 여의치 않자 작전을 바
꿨다.

그는 욕심을 버렸다.

많은 양의 진기를 분출시키지 않고 진기를 실처럼 가느다
랗게 조금씩 전진시켰다.

그러자…….

'된다!'

너무나 미약한 진기의 끈이긴 하지만 그만큼 안개에 부딪치는 저항이 약했다.

'좋아. 이대로.'

위지극은 얼마 지나지 않아 선천칠기를 하나로 연결시킬 수 있었다.

그는 손바닥을 땅에 대었다.

그리고 자심연도를 연공할 때처럼 땅을 통해 내보냈다.

푸식!

마치 김빠지는 듯한 소리가 나며 진기가 분출됐다.

그 충격으로 독성도 그만큼 빠져나갔다.

"지금 뭐 하는 짓이지?"

소리가 비록 작았다고는 하나 노대후가 못 들었을 리 없었다.

위지극은 대답하지 않았다. 아니, 할 필요도 없었다.

방법을 찾았으니 이젠 빨리 회복하는 길만이 최선이었다.

콰직!

'큭!'

위지극에게서 대답이 없자 노대후는 화가 났는지 다리에 찔러 넣었던 도를 거칠게 비틀었다.

그래도 위지극은 멈추지 않았다.

한 번을 성공시켰으니 두 번도 가능했다.

한 번씩 선천기를 방출할 때마다 독성이 점점 옅어져 갔고,

그에 따라 바닥으로 쏟아지는 진기도 강해졌다.

소리도 점점 커졌다.

처음엔 픽픽거리던 것이 이젠 땅이 울릴 정도로 강해졌다.

"너!"

노대후가 위지극의 다리에 쑤셔 넣고 있던 도를 뽑았다.

뭔가 예상치 못한 일이 벌어지고 있다는 것을 직감한 것이
다.

그리고 무엇보다도 향기!

벽이 뚫려 있어 그곳으로 들어온 바람 때문에 처음엔 몰랐
으나 조금씩 향기가 짙어지고 있었다.

바로 요금화의 향기였다.

'조금만 더!'

이제 거의 막바지에 다다랐다.

두어 번만 더 한다면 혼원무혼검법을 펼칠 수 있는 진기가
모이게 된다.

그 순간 노대후의 눈에서 불이 뿜어져 나왔다.

요금화의 향기를 맡고도 지금 무슨 일이 벌어지고 있는지
를 모른다면 바보나 다름없었다.

"너 이놈!"

위지극이 공력을 찾게 되면 그로서도 귀찮아질 터였다.

그전에 죽이는 것이 걱정을 더는 길이었다.

쉬익!

그의 도가 번개처럼 위지극의 심장을 노리고 쏘아졌다.

바로 그때,

"그 손 멈추지 못해! 이 자식아!"

따당!

푹!

어디선가 앙칼진 여인의 음성이 들려오더니 구슬이 날아와 노대후의 도면을 강타했다.

구슬은 정확히 도를 맞추었지만 완전히 빗겨내기엔 힘이 조금 모자랐다.

그래도 어느 정도 성과가 있어 도의 궤적을 비트는 데는 성공했다.

때문에 도에 꿰뚫린 것은 심장이 아니라 오른쪽 가슴이었다.

"큭!"

위지극이 자신도 모르게 단발의 신음 소릴 내었다.

하나 소리를 냈다는 것은 그만큼 해독이 됐다는 것이나 다름없었다.

"흡!"

노대후는 위지극의 몸에 박힌 도를 채 수거할 새도 없이 급히 뒤로 신형을 물렸다.

누구인지는 모르지만 만만치 않은 고수가 나타났으니 뒤이은 공격에 대비하기 위해서였다.

만약 처음의 구슬이 도가 아니라 자신의 머리를 노렸다면 위험했을 상황이었다.

"웬 놈이냐!"

노대후가 노해 소리쳤다.

위지극에 의해 구멍이 뚫린 벽, 그 앞에는 한 명의 마의소녀가 서 있었다.

그녀는 치미는 화를 주체할 수 없는지 노대후를 노려보며 양손을 부들부들 떨고 있었다.

"시체 같은 자식이 감히!"

"뭣!"

노대후는 어이가 없었다.

아무 기척도 느끼지 못했는데 도대체 이 아이는 어디서 나타났단 말인가?

하면 방금 전의 한 수가 눈앞의 어린 소녀가 펼친 것이란 말인가?

"너도 북무림회에서 왔느냐?"

노대후는 그녀가 이들의 동료일 것이라 생각하고는 물었으나 돌아오는 건 욕지기뿐이었다.

"개소리는 집어치우고 죽을 준비나 해, 이 자식아!"

그녀는 팔을 걷어붙이며 씩씩댔다.

'도대체 누굴까?

위지극도 여자의 목소리를 들었다.

하지만 그녀의 정체를 확인하는 것보다 진기를 휘돌리는 게 더 중요했다.

스스스슷. 쾅!

마지막 남은 진기를 방출하자 어깨가 들썩였다.

"휴우……."

기다란 한숨이 이어졌다.

이젠 제대로 된 선천칠기를 사용할 수 있게 되었다.

'됐다.'

위지극의 얼굴에 억지스런 미소가 아닌 환한 미소가 떠올랐다.

그는 천천히 몸을 일으켰다.

그리고 한쪽을 쳐다보다 덜컥 움직임을 멈췄다.

위지극의 눈이 조금씩 커졌다.

"너……?"

그의 얼굴엔 놀라움이 가득했다.

위지극과 눈이 마주친 마의소녀도 놀라긴 마찬가지였다.

도를 가슴에 박은 채 태연하게 말하는 사람을 보았으니 놀라는 것도 무리가 아니었다.

"그거… 괜찮은 거야?"

마의소녀는 손으로 위지극의 가슴을 가리켰다.

위지극은 두 눈을 끔뻑이며 딴소리를 했다.

"너, 그날 난주에서 만났던 그 애 맞지?"

마의소녀는 고개를 끄덕였다.

그녀는 위지극의 말대로 우희명이었다.

비록 예전처럼 얼굴에 검댕이가 묻어 있거나 하진 않았지만, 옷만은 그대로여서 알아보기가 쉬웠다.

비록 그렇지 않더라도 위지극은 그녀를 알아보았을 것이다.

형체만 보고도 눈치챌 수 있을 정도로 자주 생각하지 않았던가.

우희명, 그녀는 위지극을 만나기 위해 북무림회 앞에서 진을 치고 기다렸다.

무공을 익혀 신랑으로 삼기 위해서다.

하지만 오래도록 그는 나타나지 않았고 기다리기에 슬슬 지쳐 갈 때 즈음이야 모습을 드러냈다.

한데 그는 혼자가 아니었다.

떼로 나타난 것이다.

그녀도 체면이 있는지라 그가 다른 사람들과 함께 있는 상태에서는 접근할 수 없었다.

그렇게 남양을 거쳐 이곳까지 따라왔다.

그동안 얼마나 욕을 해댔는지 몰랐다. 도대체 왜 한시도 동료들과 떨어지지 않는지.

어찌 됐든 우희명은 포기하지 않았다.

기다리면 기회가 있으리라 생각하고 유금도문까지 따라

들어왔다.

그런데 이곳에서 벌어진 일은…….

처음엔 기뻤다.

위지극의 검법을 직접 보니 가히 듣던 대로 놀라운 위력이었다.

물론 흑령을 이기기엔 모자라지만 그래도 완전 초보보다는 낫지 않은가?

사대봉공의 힘을 빌린다면 일 년이면 충분히 그를 능가하고도 남을 듯했다.

그랬는데, 위지극이 독에 당하고 상처를 입게 되자 마음이 급해졌다.

그럼에도 되도록 나서지 않으려고 참았다.

무슨 독인지는 모르겠지만, 설마하니 그 정도도 이겨내지 못할까 싶었다.

하나 목숨이 경각에 달린 위험에 처하자 도저히 참을 수 없었다. 그래서 나섰는데…….

저게 뭔가? 가슴에 덜렁거리는 도를 꽂고도 태연히 웃고 있지 않은가?

"근데 이곳에서 뭘 하고 있던 거야? 너도 이자에게 원한이 있어?"

우희명은 도리질을 했다.

그러다가 와락 화를 냈다.

"그거 괜찮냐고!"

"아! 이거?"

위지극은 머쓱한 표정으로 가슴을 내려다봤다.

그리고는 부끄러운지 뒷머리를 긁적였다.

"이 정도 상처야 늘상 있는 일이지."

'어디가!'

우희명이 발끈하려 했으나, 위지극은 그새 신형을 돌려세웠다.

그는 정신을 차리지 못하고 있는 노대후를 바라보며 씨익 웃으며 도파를 쥐었다.

모든 이의 시선이 그의 손에 집중됐다.

위지극은 잠시 만지작거리다가 일순 힘을 주고는 도를 뽑아냈다.

푸악!

시뻘건 핏물이 가슴에서 뿜어져 나왔다.

쏟아진 그것은 바닥을 흥건히 적시기 시작했다.

'젠장, 아무리 죽지 않는다고 해도 아픈 건 정말 참기 힘드네.'

위지극은 그리 생각하면서도 얼굴에 떠오른 미소를 지우지 않았다.

모두는 얼이 빠지는 듯 그 모습을 보고만 있었다.

기가 질렸다.

보는 것만으로도 눈살이 찌푸려졌다.

하나 위지극은 태연하니 도를 허공으로 던졌다 잡았다 하더니 노대후를 향해 휙 던졌다.

"받아. 네 거니까."

노대후가 도를 받아 쥐자 위지극이 조용히 물었다.

"할 말은?"

"건방진 놈. 공력을 회복했다고 기가 살았군."

노대후는 본신의 실력만으로도 상대할 자신이 있는지 대꾸했다.

위지극은 잠시 그를 쳐다보다 가볍게 한마디 했다.

"없으면 죽어."

그 말이 끝나는 것과 동시에 위지극의 검이 강하게 한차례 떨렸다.

우웅!

허공이 울리며 아지랑이처럼 무언가가 사방으로 퍼져 나갔다.

혼원무혼검법 제삼초식 금고진천(金鼓振天)의 시작이었다.

과연 그 이름대로 귀를 떨게 하는 검의 울림이 끊이지 않고 발해졌다. 그리고,

쐐애액!

위지극의 검이 노대후를 향해 일직선으로 뻗어나갔다.

"하찮은 놈이!"

쉬악!

신형이 번뜩인다 싶은 순간, 앞으로 튀어나온 노대후가 도를 내리그었다.

십성의 유금도법!

마치 하늘을 갈라 버릴 듯한 쾌도였다.

'응?

하지만 이내 뭐가 잘못됐다는 사실을 깨달았다.

이미 상대를 갈라 버렸어야 정상이거늘, 어째 도의 움직임이 점점 더 느려져 아직 중간에도 이르지 못하고 있었다.

'흡성지도(吸性之道)?

흡성지도란 상대의 병기를 강한 진기로 끌어들여 움직임을 봉쇄하는 수법이다.

하지만 이는 지금의 상황에선 맞지 않는 말이었다.

움직임을 막아낸다는 점에서는 같았지만, 만약 흡성지도라면 상대의 병기에 가까이 갈수록 속도가 배가되어야만 한다.

한데 지금은 오히려 느려지고 있었다.

그가 생각할 수 있었던 시간도 잠시, 일직선으로 쏘아오던 위지극의 검이 갑자기 높이 솟구쳤다.

쾅! 퍼퍼퍽!

가장 먼저 노대후의 도가 산산이 부서져 날아가더니 천장에 틀어박혔다.

뒤이어,

푹, 촤악!

가슴을 뚫고 들어온 검이 어깨를 지나 왼팔을 잘라 버렸다.

"크으윽!"

노대후가 분수처럼 피를 내뿜으며 뒷걸음질쳤다.

위지극이 흘리던 피보다 배는 됨직했다.

그의 눈동자가 붉게 충혈되어 갔다.

"이… 새끼가……."

노대후는 씹어 죽일 듯이 위지극을 노려봤다.

"어? 안 끝났네?"

위지극이 당황스러운 표정을 지었다.

그는 단숨에 죽일 생각으로 초식을 펼쳤다.

그럼에도 살아 있는 것을 보니, 역시 노대후는 뛰어난 고수임에 틀림없었다.

마지막 순간 몸을 뒤틀어 몸이 양단되는 것을 막아냈으니 말이다.

하나 비록 그렇다고는 해도, 팔만 떨어져 나갔으면 모르겠으나 이미 가슴까지 파열되었으니 이미 오래 살 수 없는 몸이었다.

"이……."

노대후는 입을 악물고 뭐라 말하려 했다. 바로 그 순간,

갑자기 그의 눈이 온통 시뻘겋게 변해 버렸다.

“헛!”

위지극은 놀라 헛바람을 들이켰다.

노대후는 몸을 사시나무처럼 떨었다. 뒤이어,

“끄아아아아!”

소름 끼치는 괴성이 대청을 울렸다.

‘왜… 왜 그러지?’

위지극은 영문을 몰랐다.

아무리 죽을 부상을 당했다 하더라도 지금 노대후가 보이는 행동은 뭔가 이상했다.

노대후는 아예 땅에 엎드려 머리를 감싸 쥐고는 괴성을 질러댔다.

“끄아아아!”

듣고 있는 사람의 모골이 다 송연해질 정도로 괴기스러운 비명이었다.

이윽고 한참이나 지속되던 노대후의 음성이 점차 잦아들었다.

“끄… 끄극, 끅…….”

위지극은 천천히 그에게 걸어갔다.

이렇게 엎드리고 있으니 손을 쓰기에도 뭐한 상황이었다.

“크아!”

순간, 갑자기 노대후가 고개를 치켜들었다.

붉은 기운은 어느새 눈을 벗어나 광대뼈에 이르러 있었다.

'깜짝이야!'

위지극은 깜짝 놀라 뒷걸음질쳤다.

자세히 보니 그뿐만이 아니라, 눈 주위부터 귀에까지 푸른 혈관이 툭툭 튀어나와 있었다.

'설마?'

위지극은 지난번에 겪었던 적존교도와의 혈투가 생각났다.

자신을 희생하여 상대를 공격하는 마공.

때문에 멀찍이 물러서며 대비했다.

뒤에 있는 동료들을 지키기 위함이었다.

하지만 이어지는 노대후의 행동은 전혀 예상 밖의 것이었다.

"카아아!"

콰쾅!

괴성을 지르며 뛰어오른 노대후가 지붕을 뚫고 밖으로 나가 버리는 게 아닌가?

"어어?"

위지극은 설마하니 그가 도망칠 거라고는 생각 못했다는 듯, 구멍 뚫린 천장을 멍하니 올려다봤다.

"뭐야? 지금 도망간 거야?"

"그, 극아."

자신을 부르는 소리에 위지극의 고개가 획 돌아갔다.

"산청이 형!"

금산청이 몸을 비스듬히 한 채 위지극을 보고 있었다.

"괜찮아요?"

그는 급히 뛰어가 금산청을 부축했다.

금산청은 힘겹게 고개를 끄덕였다.

아직 요금화의 독성이 완전히 사라지지 않은 모습이었다.

"나보다… 네가……."

겉으로 보기에는 위지극의 상세가 노대후만큼이나 심각해 보였다.

가슴의 상처도 그렇지만, 팔다리의 근골이 너덜너덜할 정도로 당하지 않았던가.

"전 상관없어요. 참을 만해요."

위지극은 히죽 웃었다.

금산청도 애써 미소를 지었다.

적어도 두어 달은 요양해야 할 만한 부상을 입었음에도 자신이 걱정할까 거짓을 말한다 생각해서였다.

"저 자식 저대로 놔둘 거야? 내가 뒤쫓아가서 데려올까?"

어느새 다가왔는지 우희명이 불쑥 물었다.

위지극은 잠시 생각하다 자리에서 일어섰다.

"형, 아무래도 그놈이 무슨 짓을 할지 모르니 가봐야겠어요. 가서 끝내고 올게요."

금산청은 말리고 싶었다.

하지만 노대후를 막아야 하는 것도 사실이었다.

방금 전의 상태를 봤을 때, 그는 이미 제정신이 아닌 것 같았다. 하여 어떤 악행을 저지를지 알 수 없었다.

그나마 지금 유일하게 그를 상대할 수 있는 게 위지극이었다.

위지극은 슬쩍 사연화를 돌아봤다.

그녀는 도리질을 하고 있었다.

가지 말라는 의미였다.

하지만 위지극은 빙긋 웃어주었다.

"걱정하지 마. 금방 돌아올 테니."

그는 우희명을 쳐다봤다.

"내가 돌아올 동안 이들을 부탁할게. 알았지?"

"뭐?"

위지극은 그녀의 대답을 듣지도 않고 밖으로 뛰어나갔다.

밖은 해가 지려는지 어느새 사위가 어둑어둑해지고 있었다.

어디로 갔는지 두리번거리던 위지극은 이내 핏자국을 발견했다.

핏자국은 동북쪽으로 이어지고 있었고, 멀리 노대후의 뒷모습이 눈에 들어왔다.

'좋아!'

　방향을 잡은 위지극은 속으로 외치며 출발하려 했다. 그런
데…….

"젠장, 뭐가 저리 빨라!"

　노대후는 이미 심한 부상을 당해서 충분히 쫓아갈 수 있으
리라 생각했다.

　그래서 비록 신법이 없어도 가능할 줄 알았다.

　그런데 저게 뭔가? 마치 새처럼 달아나고 있지 않은가?

"뭐 해? 쫓아간다더니?"

"헛!"

　갑자기 들려온 우희명의 목소리에 위지극은 소스라치게
놀랐다.

"네가 왜 여기 있어? 친구들을 지켜 달라고 했잖아."

"흥! 내가 왜 네 말을 들어야 하는데? 생각 같아서는 확!"

　솔직한 심정으로 우희명은 저 동료란 사람들이 싫었다.

　저들 때문에 위지극을 만나는 게 도대체 며칠이나 늦어졌
는지 몰랐다.

　결국엔 들키기까지 하고. 부끄럽게 말이다.

"그러지 말고…….

"몰라! 안 해!"

"……."

　위지극은 울상이 되었다.

　그녀는 고수이니 지금 상황에선 그녀만큼 일행을 지키기

에 적합한 사람이 없었는데 그렇다고 무리하게 부탁할 수도 없는 형편이었다.

그가 이러지도 저러지도 못하고 있자 우희명이 히죽 웃으며 얼굴을 내밀었다.

"안 가? 같이 가자. 벌써 저만큼이나 갔는데 빨리 안 쫓아가면 놓쳐."

위지극은 잠시 머뭇거리다 들릴 듯 말 듯 입을 열었다.

"그게 말이야……."

"응?"

위지극은 말하기에 창피했지만 사실대로 털어놨다.

"난 빨리 못 뛰어."

"……?"

그녀가 무슨 소리냐는 듯 빤히 위지극을 쳐다봤다.

"그러니까, 난 신법을 익히지 않았다고."

"뭐?"

우희명의 눈이 왕방울만 하게 커졌다.

"말도 안 되는 소리. 그런 무지막지한 검법을 익혔는데 신법을 모른다고?"

위지극은 부끄러운지 시선을 딴 곳에 두며 고개를 끄덕였다.

"하! 나 이거야 원. 네 사부가 누구인지는 모르겠지만 정말 어처구니없는 사람이네."

'나도 그렇게 생각해.'

위지극은 속으로 말했다.

그는 사실 이전부터 쓸 만한 신법을 가르쳐 달라 사연화에게 말하고 싶었다.

하지만 그게 어디 생각처럼 쉬운 일인가.

처음엔 크게 생각지 않았었다.

그러나 시간이 지날수록 무공을 남에게 가르친다는 게 자신의 의지만으로 할 수 있는 게 아니라는 사실을 깨달았다.

사연화는 가전무공을 익혔다.

이를 남에게 전수하는 건 엄연히 가법에 어긋났다.

금산청도 마찬가지. 함부로 종남의 무공을 외인에게 전수할 수 있는 입장이 아니었다.

그래서 결국 신법을 배워야겠다는 생각은 있을지언정 실행하지 못한 위지극이었다.

그때 우희명이 위지극에게 등을 들이밀었다.

"업혀."

"뭐?"

"업히라고!"

위지극은 멀뚱하니 있었다.

어떻게 사내가 여인의 등에 업힌단 말인가?

넉살 좋은 위지극으로서도 차마 그것만은 할 수 없었다.

“뭐 해?”

우희명이 돌아보며 눈살을 찌푸렸다.

“그게… 나를 업으면 네가 신법을 펼치기에 불편하지 않을까?”

위지극은 부끄러워 그렇다는 소린 차마 못하고 엉뚱한 핑계를 댔다.

하나 이는 실수였다.

“풋, 너 하나 업었다고 저 정도도 못 따라잡을까 봐? 걱정 말고 업히서!”

그래도 위지극이 우물쭈물하고 있자 그녀는 답답했는지 위지극의 양팔을 잡더니 목에 둘렀다.

“어… 어……?”

“남자가 뭐 이리 말이 많아? 하라면 빨리 할 것이지.”

우희명의 강압에 위지극은 어정쩡한 자세로 그녀의 등에 밀착할 수밖에 없었다.

여인의 향기가 코를 간질였다.

화원에서 맡았던 요금화도 이보단 못할 듯싶었다.

그러면서도 묘한 기분.

결코 싫지 않았다.

“꽉 잡아. 그럼 출발한다.”

휘익!

우희명이 땅을 박찼다.

'히익!'
　빠른 속도로 튀어나가는 그녀에게서 떨어지지 않기 위해 위지극은 자신도 모르게 팔에 힘을 주었다.

第二十三章
노대후의 과거

휘휘휙!

사물이 빠른 속도로 다가오더니 이내 뒤로 스쳐 지나갔다.

우희명은 위지극을 업고서도 한 번의 도약에 이삼 장씩을 전진했다.

벽이 있으면 뛰어넘었으며, 지붕을 타고 달리기도 했다.

차가운 바람이 뺨을 세차게 때렸다.

'이게 신법!'

위지극은 눈을 크게 떴다. 그야말로 새로운 세상이다.

마치 새가 된 기분이었다.

안타까운 점은 자신의 힘이 아니라 남의 힘에 의한 경험이란 것이었지만.

그녀는 위지극이 놓치지 않고 잘 잡고 있는 듯하자 더욱 속도를 높였다.

쉬쉭!

'엇!'

그 바람에 깜짝 놀란 위지극이 팔에 더욱 힘을 주었다. 그러자.

"케켁, 야, 야! 목 아파!"

"미, 미안."

말은 미안하다고 했지만 행동은 전혀 아니었다.

한번 힘이 들어간 팔인지라 마음대로 느슨하게 할 수 없었다.

그랬다가는 땅바닥에 내동댕이쳐질 것만 같았다.

"이… 이게. 야!"

우희명이 발끈하는 순간, 그녀의 신형이 허공에서 잠시 멈췄다. 그리고,

휙!

위지극의 손을 잡고는 허공으로 던져 버렸다.

"아앗!"

잡을 것이 없어진 위지극은 허공에서 버둥댔다.

정말 새와 같았다.

추락하는 새.

위지극이 얼굴이 사색으로 변할 때였다.

타탁!

우희명의 양손으로 떨어지는 그를 받아내고는 다시 질주했다.

마치 신혼 방에 들어갈 때 신랑이 신부를 안고 있는 모양새였다.

위지극의 코앞에 우희명의 얼굴이 있었다.

당황해하는 위지극을 보며 우희명이 씨익 웃었다.

“이게 훨씬 편하다. 그치?”

“…….”

위지극은 입만 벙끗댔다.

만약 동료들이 지금의 모양새를 봤다면 아마 죽을 때까지 놀려댈 것이었다. 그렇지만…….

이상하게도 기분이 나쁘지 않았다.

아니, 오히려 업혀가던 때보다 더 야릇한 기분이 들었다.

“왜 웃어?”

우희명이 묻자 위지극은 흠칫했다.

‘내가 웃고 있었나?’

아무리 기분이 좋기로서니 설마 웃고 있었을 줄이야.

그것도 이렇게 빤히 얼굴을 맞댄 상황에서.

위지극은 급히 화제를 돌렸다.

“근데 넌 거기서 뭘 하고 있었어?”

우희명은 위지극의 얼굴을 빤히 쳐다보다 빙긋 웃었다.

"볼일이 있어서."

"노대후에게?"

"아니."

그녀는 고개를 살랑살랑 저었다.

"너에게 볼일이 있어서지. 그 사람은 오늘 처음 봤는걸."

"나? 내가 거기 있는 건 어떻게 알고……?"

"정말 눈치 못 챘나 보네. 한참 동안을 따라다녔는데."

"언제부터 따라왔는데?"

"북무림회 정문에서부터지."

그녀의 대답에 위지극은 정말 크게 놀랐다.

자신이야 그렇다 치더라도 그 긴 시간 동안 자신들의 뒤를 밟는 사람이 있었는데도 금산청이나 다른 동료들이 전혀 못 알아차렸다는 게 말이다.

"나… 나를 왜 보려고 했는데……?"

위지극의 음성이 자신도 모르게 떨려 나왔다.

이유는 알 수 없었다.

무슨 말을 듣고 싶어서였을까?

묘한 흥분이 일었고, 그에 따라 얼굴도 조금 붉어졌다.

하나 우희명의 대답은 내심 원하던 그것이 아니었다.

"그보다 너. 그날 왜 안 나왔어?"

우희명이 눈을 가늘게 떴다.

위지극은 가슴이 철렁했다.

죄를 지은 것은 없었다. 아니, 오히려 당당했다.

그날의 약속은 그녀 혼자만의 약속이었지, 자신의 동의를 얻은 게 아니었다.

뿐만 아니라 그날 보인 우희명의 행동은 무례하기만 했다.

느닷없이 기습을 하지 않았던가?

그에 대한 마땅한 이유도 설명하지 않았다.

그야말로 자기가 할 말만 하고 사라져 버렸다.

그런데 오히려 추궁하다니, 큰소리를 쳐야 할 사람은 자신이건만.

하지만 입에서 나오는 말은 전혀 다른 것이었다.

“기다렸어?”

“아니!”

‘뭐야?’

위지극은 순간 머리를 얻어맞은 듯했다.

그러나 그녀가 거짓말을 하고 있다는 사실을 금방 깨달았다.

기다리지 않았다면 어떻게 자신이 나오지 않았다는 것을 알 수 있겠는가?

하지만 위지극은 짐짓 모른 체했다.

“그래? 그럼 뭐, 둘 다 안 나왔으니 따질 것도 없겠네.”

“무슨 소리. 남자하고 여자하고 같아?”

“다를 건 또 뭐야?”

“당연히 다르지. 남자는 약속을 지켜야만 돼. 여자는 가끔씩 어겨도 되지만.”

‘도대체 이게 무슨 소리야?’

위지극은 어이없다는 표정으로 우희명을 쳐다봤다.

그럼에도 우희명은 옳은 말을 했다는 듯 당당했다.

문득 염상천의 말이 떠올랐다.

여자의 마음은 아무리 시간이 지나도 절대 이해할 수 없을 거라는 말.

당시에는 몰랐으나 직접 겪어보니 십분 이해가 됐다.

“빨리 대답해. 왜 안 나왔어?”

위지극은 그녀가 닦달하듯이 묻자 왠지 모를 오기가 생겨났다.

얼마 전까지만 해도 가끔씩 그녀를 생각하곤 했던 위지극이었지만 그것과는 별개였다.

“그날 네가 한 행동을 생각해 봐, 내가 나오게 생겼나?”

“내가 뭘 어쨌는데?”

“공격했잖아! 아무 이유도 없이.”

위지극은 발끈해 소리쳤다.

하나 그녀는 태연히 고개를 저었다.

“그건 공격한 게 아니야. 그냥 시험해 본 거지. 만약 내가 마음먹고 제대로 손을 썼다면……”

우희명은 위지극을 보며 묘한 웃음소릴 냈다.

"흐흐, 지금쯤 이렇게 살아 있지도 못했을걸?"

"흥!"

이번엔 위지극이 콧방귀를 뀌었다.

"과연 그랬을까?"

"당연하지. 넌 그때 허둥대기만 했으니까."

"허둥댄 척한 거였어."

"허세는……."

"절대로 네 생각대로 되지 않았을 거야."

"그래?"

우희명의 음성이 일순 변했다. 눈빛 또한 목소리처럼 변해 있었다.

"그럼 다시 한 번 맛을 보여줄까?"

"어……?"

우희명이 손을 꿈틀댔다.

위지극은 갑자기 소스라치게 놀랐다.

그녀가 자신을 들고 있는 한쪽 팔을 빼내려 했기 때문이다.

"야, 야? 왜 그래?"

"시험해 볼라고. 과연 네 말대로 괜찮을지."

"지금은 그럴 때가……."

솔직히 위지극은 그녀가 내동댕이만 쳐도 큰 부상을 입을 터였다.

그만큼 우희명은 위지극을 안고서도 매우 빠른 신법을 구사하고 있었다.

하물며 지금처럼 옴짝달싹할 수 없는 상황이라면 결과는 불을 보듯 뻔했다.

"자, 잠깐. 그건 나중에 시험해 보고 일단은……."

위지극이 당황하여 급히 그녀를 달랬다.

한데, 그녀는 위지극의 말을 듣고 있지 않았다.

두 눈을 동그랗게 뜨고 위지극의 가슴을 뚫어져라 쳐다보고 있었다.

위지극은 순간 가슴이 철렁했다.

그녀가 그날처럼 가슴을 공격하려는 줄로만 알았다.

그러나 우희명은 한참 동안 아무런 행동도 취하지 않았다.

대신 천천히 위지극의 몸을 훑어보았다.

가슴에 이어 팔, 그리고 다리, 옆구리까지. 모든 구석을 샅샅이 살폈다.

이윽고 우희명이 위지극과 시선을 마주쳤다.

"설명해 봐."

그녀의 입에서 나온 것은 단 한마디였다. 밑도 끝도 없는 말.

"또 뭘를!"

위지극의 발악하듯 소리쳤다.

우희명의 눈이 가늘어졌다. 그리고 한자한자 조용하게, 그러나 분명하게 말했다.

"네 상처."

위지극은 또다시 흠칫거렸다.

그녀가 무엇을 궁금해하는지 알았다.

보나마나 노대후에게 당한 상처가 어느 정도 아물었을 것이었다.

이를 본 게 틀림없었다.

하나 자신이 역천지신이란 것을 사실대로 말해줄 순 없었다.

"그, 그건 보통 다들 그렇잖아. 이상할 것도 없는데 왜 그래?"

"충분히 이상해!"

우희명의 눈빛이 더욱 날카로워졌다.

그녀는 표정에 드러내진 않았지만, 내심 무척이나 놀라고 있었다.

그도 그럴 것이, 위지극의 상처는 그가 생각한 바와 달리 대충 아문 정도가 아니었기 때문이다.

가장 크게 베인 가슴의 상처는 아닐지라도 그 외의 것들은 거의 완벽하게 치유되어 있었다.

불과 반 시진 전이었다. 아니, 반 시진도 되지 않았다.

팔의 근육이 잘리고 뼈가 헤집어졌었다.

충분히 사람을 불구로 만들 정도의 큰 부상이었다.

그랬는데, 지금은…….

어느새 새로 돋아난 살이 상처를 덮고 있었다.

볼 수는 없지만 살 속에 감춰진 뼈 역시 원 상태를 찾았을 것이다.

우희명은 위지극의 상처를 살피며 노대후의 가옥에서 벌어진 일을 다시금 생각했다.

그때는 너무나 당황하고 화가 나서 경황이 없었지만, 다시 생각해 보면 그런 상처를 입고 검법을 펼치는 것 자체가 불가능한 일이었다.

"그래? 이… 이상한가?"

위지극은 몰랐다는 듯이 얼버무렸다.

하나 우희명의 눈빛은 변함없었다.

기필코 알아내고야 말겠다는 결연한 의지가 숨어 있는 눈빛이었다.

위지극은 한숨이 나왔다.

'휴, 이거야 원. 그냥 넘어가 주면 안 되나? 뭘 그리 꼬치고치 따지고 드는지 모르겠네.'

"사실은 말이야, 이건 비밀인데……."

위지극이 넌지시 입을 열었다.

"내가 익힌 만상유신공(萬上癒神功) 때문이야."

"만상유신공?"

"그래. 내공심법 중 하나로써 부상을 빠른 속도로 회복시켜 주는 효력이 있어."

"……!"

위지극의 설명에 드디어 우희명의 표정에 어떤 변화가 일었다.

그것은 흥미로움과 놀라움의 표현이었다.

물론 이는 우희명으로서도 처음 듣는 무공이었다.

하지만 천하에는 수없이 많은 절공과 신공이 있었으니 자신이 모른다 하여 존재하지 않는 것이라 단언할 수도 없는 노릇이었다.

"그럼 그 신공을 익히면 너처럼……."

"그래."

위지극은 자신이 생각나는 대로 지어낸 말에 그녀가 속아 넘어가는 듯하자 내심 쾌재를 불렀다.

이어 우희명이 뭔가를 말하려 했으나 위지극이 먼저 선수를 쳤다.

"하지만 미리 말해두겠는데, 아무나 익힐 수 없어. 태어나기 전부터 익혀야 하는 무공이거든."

'헤헤, 약 오르지?'

혼원무혼검을 펼친 이후 검법을 가르쳐 달라고 하는 혁조영을 달래느라 얼마나 힘이 들었던가?

한 번은 당할지언정 두 번 당하기는 싫은 위지극이었다.

우희명은 잠시 위지극의 얼굴을 빤히 바라보다 입을 열

었다.

하나 그것은 위지극이 예상한 것이 아니었다.

"내가 배우려고 하는 게 아니니 괜찮아. 대신 꼭 가르쳐 줬으면 하는 사람이 있어."

"말했잖아. 태어나기 전에……."

"그러니까 괜찮대도. 네가 가르쳐야 할 사람은 아직 태어나지 않았으니까."

"……?"

우희명은 멍하니 있는 위지극을 보며 생긋 웃었다.

"그 사람은 나중에 생길 내 아기야."

"뭐?"

"괜찮지? 그리고 나도 미리 말해두겠지만 분명 너에게도 손해는 아닐 거야. 그건 확실해."

도통 알 수 없는 말이었다.

당연히 그건 가르쳐 주는 사람 손해였다.

무상으로 가르치라는 말과 다름없지 않은가?

하나 위지극은 알지 못했다.

그녀가 말한 태어날 아이, 그 아이는…….

'그 아이는 네 아이이기도 할 테니까.'

우희명은 속으로 중얼거렸다.

그러나 아무리 제멋대로인 우희명이라고는 하나 막상 그리 생각하자 자신도 모르게 얼굴이 붉어졌다.

"놓치겠다. 좀 더 빨리 뒤쫓아가야겠어."

그녀는 위지극이 빤히 자신을 쳐다보고 있자 붉어진 얼굴을 감추려는 듯 속도를 더했다.

노대후는 미친 듯이 달리고 있었다.

어느새 마을을 벗어나 들길을 지나더니, 지금은 산을 오르고 있었다.

한쪽 어깨가 도려내지는 부상을 입은 채 벌써 이각이 지났다.

흘린 피만을 보고 짐작했을 시에도 그의 생명은 이제 채 반각이나 남았을까 하는 정도였다.

그럼에도 그는 마치 자신이 생명을 구원해 줄 무언가를 찾아가는 듯 속도를 늦추지 않고 있었다.

한편 위지극은 멀리 보이는 노대후를 보고 있자니 애가 탔다.

유금도문에 두고 온 동료들이 걱정됐다.

금방 돌아올 수 있을 거라 생각했기에 뒤쫓은 것이었는데, 시간이 너무 지체됐다.

위지극은 고심 끝에 입을 열었다.

"아무래도 안 되겠어. 이제 그만 돌아가자."

"어째서?"

우희명이 건성으로 물었다.

　그녀는 자존심 때문에 말하고 있지 않았지만, 내력이 슬슬 한계에 다다르고 있었다.

　혼자 경공을 전개했다면 모르겠으나, 꽤 무게가 나가는 위지극을 안고 이각이 넘게 뛰었으니 당연했다.

　"걱정돼서."

　우희명이 위지극을 슬쩍 쳐다보며 물었다.

　"네 친구들, 강하지?"

　"정상이라면 그렇지만 지금은 독에 당했으니⋯⋯."

　"그럼 됐어."

　"⋯⋯."

　"그 독, 오래가지 못해. 벌써 회복됐을 거야."

　"네가 어떻게 알아?"

　위지극이 믿지 못하겠다는 듯이 물었다.

　"알아. 요금화라면 우리 집에도 있는걸."

　"에?"

　"그래서 내가 볼 때 저 도망가고 있는 놈. 바보가 분명해."

　그녀는 화가 치미는지 급히 말을 이었다.

　"요금화는 절독임에는 분명하지만 지속 시간이 짧아서 상대를 중독시키고 나면 단번에 끝장내야 해. 자기 딴에는 자신 있어서 느긋하게 시간을 보내고 있었는지 모르지만 한심하기 짝이 없는 행동이었지."

　위지극은 그녀를 멀뚱거리고 쳐다봤다.

우희명의 말이 마치 제자를 훈계하는 사부의 그것처럼 들렸다.

"너, 도대체 누구 편이야?"

위지극의 물음에 우희명은 눈이 부실 정도로 활짝 웃으며 대답했다.

"당연히 네 편이지."

위지극은 속으로 고개를 저었다.

도통 이해하기 힘든 아이였다.

그녀는 어디로 튈지 모르는 공 같았다.

하긴 이제야 겨우 두 번 만난 것뿐이니 어쩌면 당연한 것일지도.

바로 그때였다.

그녀가 무엇을 봤는지 반색을 하며 소리쳤다.

"됐다!"

위지극이 급히 고개를 돌리자 허름한 사당 안으로 들어가는 노대후의 모습이 눈에 들어왔다.

'저 안에 무엇이 있기에?'

위지극은 지긋지긋한 추격이 끝났다는 안도감보다 궁금증이 더 컸다.

저 쓰러져 가는 사당 안에 그를 구원해 줄 누군가가 있는 것일까?

아니면 죽을 사람을 살려내는 그 어떤 영약이라도?

"조심해. 그리고 일단은 좀 지켜보자."

위지극은 혹시나 싶어 속삭이듯 말했다.

동료들이 무사하리란 사실을 알게 되니 여유가 생기기도 했다.

"걱정 마. 무작정 들이치진 않을 테니까. 도대체 나를 뭘로 보고."

우희명은 사당 앞에 거의 도착하자 위지극을 내려놓고는 발소리를 죽여 사당 입구로 접근했다.

위지극도 조심스럽게 그녀의 뒤를 따랐다.

가까이서 본 사당은 훨씬 허름했다.

그 흔한 담장조차 없었으며, 나무로 만든 벽은 구멍이 숭숭 뚫려 있었다.

이는 오히려 위지극에게 있어 다행이었다.

구멍을 통해 안을 들여다볼 수 있었기 때문이다.

위지극이 구멍에 눈을 들이대자 우희명도 옆에 찰싹 붙어 안을 들여다봤다.

지금까지 그녀의 품에 안겨서 이곳까지 온 위지극이었지만 이렇게 또다시 살이 맞닿자 그때에 비해 뭔가가 색달랐다.

위지극은 애써 침착해하며 내부를 살폈다.

그곳엔 조그만 호롱불이 밝혀져 있었다.

호롱불에 비친 내부 풍경은 바깥에서 본 바와 비슷했다.

누구를 모시는 곳인지도 모를 정도로 수북이 쌓인 먼지.

그리고 곳곳에 가득한 거미줄.

그 어두침침한 사당 한가운데 노대후가 서 있었다.

'도대체 뭐 하는 거지?'

위지극은 노대후의 얼굴이 향한 곳을 뚫어지게 쳐다봤다. 그리고 자신도 모르게 흠칫 놀랐다.

'다른 사람이 있잖아!'

과연 먼지가 쌓인 정체 모를 상들 한가운데에 넝마를 걸친 괴인이 앉아 있었다.

처음엔 그저 조각상이라고만 생각했기에 눈치채지 못했다.

그만큼 괴인의 분위기는 살아 있는 사람의 것이라고는 믿어지지 않을 정도로 음침했다.

그때 옆에 있던 우희명이 한차례 움찔거렸다.

팔을 통해 전해진 감각. 위지극은 살며시 그녀를 쳐다봤다.

'너도 별수없군.'

세상에 무서운 것이 없어 보이던 그녀였지만 저처럼 귀신같은 사람을 보았으니 놀랐음이 틀림없었다.

하나 아쉽게도 우희명이 놀란 것은 위지극이 생각한 것과는 다른 이유에서였다.

'약왕전주! 그가 어떻게 여기에?'

그녀는 한눈에 괴인의 정체를 알아봤다.

그는 적존교의 약왕전을 책임지고 있는 학지명이었다.

그런 요직에 있는 그가 수하도 대동하지 않고 이런 외진 곳에 있다니.

"크으……."

노대후의 입에서 거친 신음이 흘러나왔다.

그는 머리가 깨질 것만 같았다.

그 고통이 얼마나 큰지 팔이 떨어져 나간 것쯤은 신경조차 쓰이지 않았다.

[이곳으로 오라.]

괴음이 들려온 것은 위지극에게 당하고 채 촌각도 지나기 전이었다.

그 순간 극도의 공포가 전신을 휘감았다.

무조건 복종해야만 했다.

정확한 이유는 알 수 없었다.

단지 그 말에 따라야 한다는 생각만이 정신과 육체를 지배하기 시작했다.

사당에 가까워질수록 두통은 배가되었다.

그래도 멈출 수 없었다.

머리가 터져 나가더라도 반드시 괴음에 따라야만 했다.

그래서 도착한 이곳, 드디어 목소리의 주인을 눈앞에 두게 되었다.

“크, 네가 나를 불렀느냐?”

노대후의 탁한 음성에 석상처럼 앉아 있던 학지명이 천천히 신형을 일으켜 세웠다.

“그래, 내가 불렀다. 노대후. 어린것들한테 당한 덕분에 너와의 만남이 생각보다 이르게 됐구나.”

“나… 나를 아는가?”

학지명의 신형이 우뚝 멈췄다.

그는 한동안 말이 없었다.

그렇게 서서 서슬 퍼런 눈으로 노대후를 노려보았다.

그러던 어느 순간,

“크하하하, 너를 아느냐고? 알다마다. 당연히 알다마다.”

학지명은 미친 듯이 광소를 터뜨렸다.

“왜 웃는 것이냐!”

노대후의 고함에도 그의 웃음소리는 그치지 않았다.

“크크크, 웃기고 말고. 네가 나를 모를 수 있느냐? 어찌 나를 잊을 수 있느냐? 그리고 어찌 내가 너를 잊을 수 있겠느냐?”

이를 지켜보던 위지극은 그의 괴상한 말을 이해할 순 없었지만, 그의 웃음에 실려 있는 감정은 충분히 읽을 수 있었다.

그것은 다름 아닌 고통과 회한과 분노였다.

말로 형용할 수 없을 정도의 통고가 실린 웃음소리였다.

“나의 와혼대법(臥魂大法)이 대단하긴 하구나. 너의 기억속에서 나에 대한 것을 모조리 지워냈으니 말이다."

그는 느릿하게 걸어가더니 노대후의 정면에 섰다.

"무릎을 꿇어라."

학지명의 말이 떨어지자 노대후는 얼굴 가득 분노를 머금고 있으면서도 그의 말에 따라 무릎을 꿇었다.

"좋아, 좋아. 그래야 나의 훌륭한 종이지."

"크……."

학지명의 손이 노대후의 백회혈에 닿았다.

그러는 동안에도 노대후는 별다른 저항을 하지 못하고, 상대가 하는 행동을 지켜보기만 했다.

"무엇을 하려는 게냐?"

"이제 네게 펼쳐 놓았던 와혼대법을 수거하려는 것이다. 그러면 넌 자유를 찾게 될 거다. 비록 일각에 못 미치는 짧은 시간에 불과하지만 간악한 너에게는 그것도 감지덕지한 일이지."

"무, 무슨!"

그 순간 학지명의 장심에서 뽑혀져 나온 날카로운 기운이 노대후의 머릿속을 헤집었다.

"크아악!"

노대후는 온몸을 부들부들 떨며 괴성을 질러댔다.

듣기만 해도 소름이 끼치는 고함 소리가 한참이나 지속되었다.

이윽고 노대후가 목청이 쉬어 제대로 비명 소리조차 내지
못할 정도가 되었을 때에서야 학지명의 손이 떨어졌다.

잠시 동안 고요한 정적이 흘렀다.

한가닥 을씨년스러운 바람이 사당 안을 휘젓고 지나갔다.

그리고 드디어, 고통에 감겨 있던 노대후의 눈이 서서히 떠
졌다.

그 모습을 지켜보던 학지명의 입가에 한줄기 묘한 미소가
서렸다.

"이제 나를 봐라."

노대후가 고개를 번쩍 치켜들었다.

학지명을 바라보고 있는 그의 눈동자가 쉼없이 떨리기 시
작했다.

한 손이 덜덜 떨리며 얼굴에는 불신의 빛이 가득 떠올랐다.

"지… 지명……."

"이제야 알아보는군. 그래, 나 학지명이다. 한때 네놈을 친
우라 여겼던 학지명이 바로 나다!"

"자… 자네가……."

그 순간 노대후가 머리를 감싸 쥐었다.

'크으윽, 뭐, 뭐지, 이게 다?

그의 머릿속으로 온갖 기억이 소용돌이치며 밀려오기 시
작했다.

자신이 태어났을 때의 순간이 가장 먼저 떠올랐다.

그리고 점차 아기에서 소년이 되어갔다.

사부의 눈에 띄어 유금도문의 제자가 되고, 그의 가르침을 받아 무공을 익혀 나갔다.

청협도라는 별호를 얻고 음여현과 사랑을 약속했다. 그 아련한 기억들이 또렷하게 떠올랐다.

또 다른 것도 있었다.

한 명의 친구를 사귀었다.

바로 학지명. 그는 의술에 있어 당대 최고라 할 만한 귀재였다.

그의 뛰어난 의술을 이용하려는 괴한들의 손에서 그를 구하면서부터 친구가 되었다.

나이는 몇 살 차이가 났지만, 이는 중요치 않았다.

친구를 사귐에 있어 나이가 어찌 걸림돌이 될 수 있단 말인가?

그의 목숨을 구하기도 했지만, 그에게 은혜를 입기도 했다.

바로 자신의 사부.

부모와 다름없던 사부가 원인 모를 병에 죽어가는 걸 그가 구해냈다.

목숨으로도 갚지 못할 빚이었다.

모든 게 하나둘씩 기억났다. 자신이 누구였는지, 그리고 어떤 사람이었는지. 누구를 사귀고 어떤 무공을 익히고 누구를 사랑했는지.

그런데…….

어느 순간부터 기억이 없다.

무려 이십 년간의 기억이 없다. 그리고 그 이후의 기억이 이어졌다.

노대후는 갑자기 사시나무처럼 전신을 덜덜 떨기 시작했다.

'아… 안 돼. 안 돼. 내… 내가 그런 짓을…….'

먼 세월을 건너뛰어 유금도문에 모습을 드러낸 자신이 그려졌다.

아끼던 바로 손아랫사제, 웃는 모습이 천진하여 귀여워해 주던 사제, 바로 그런 등곽의 머리에 옥문패를 박아 넣고 있지 않은가?

'곽아…….'

그의 눈에 눈물이 고이기 시작했다.

하나 이는 시작에 불과했다.

'여현, 여현…….'

죽을 만큼 사랑하던 그녀가 지금 무엇을 하고 있는가?

자결을 하려 하고 있지 않은가?

'여현!'

자신은 그 앞에 서서 왜 말리지 않고 있나? 왜 그녀가 죽어가는 모습을 보고만 있는가?

아니다. 보고만 있지 않았다.

죽은 그녀의 몸을 훼손하고 있었다.

"으아아아아!"

노대후는 미칠 듯이 고함을 지르며 바닥을 긁어댔다.

손톱이 파이고 나무 바닥이 뜯겨져 나갔다.

그렇지만 손에 느껴지는 고통은 기억이 주는 고통에 비하면 하찮은 것이었다.

한편, 학지명은 고통에 울부짖는 옛 친구의 모습을 보며 야릇한 미소를 짓고 있었다.

그는 노대후가 생각하는 것을 마치 자신의 것처럼 읽을 수 있었다.

바로 와혼대법의 공능이다.

상대의 기억을 뒤틀고, 마기를 심어준다.

그의 의지를 조종하여 자신의 명에 따르게 한다. 아니, 의지 자체를 말살한다.

하지만 정작 와혼대법에 걸린 자는 이조차 인식하지 못한다.

시전자의 명에 따라 사악한 존재로 거듭나지만 일말의 죄책감도 느끼지 못한다.

그러다 와혼대법이 풀리는 순간, 모든 것이 정상으로 돌아온다. 단 하나, 시전자와 연결된 기억의 끈만을 남겨둔 채.

잊혀졌던 옛 기억을 찾고, 와혼대법이 걸렸을 때의 기억조차 회복한다.

하나 이는 단지 일각의 시간뿐이다. 그 시간이 다하면 생명이 사그라진다.

그렇게 비참한 죽음을 맞이하게 하는 마공.

그것이 바로 학지명이 만들어낸 와혼대법이었다.

노대후의 처절한 기억의 편린은 그것이 끝이 아니었다. 반대로 시작일 뿐이었다.

둘째 사제를 죽이고, 다른 사제들에게 독초를 먹여 마인을 만들었다.

주위의 문파를 쓸어버리고 아녀자를 겁탈했다.

그리고 사질을…….

여기까지 기억나자 그는 참지 못하고 벌떡 일어섰다.

이미 그의 얼굴은 피인지 눈물인지 알 수 없는 것으로 뒤범벅이 되어 있었다.

"왜 그랬나? 도대체 왜 내게 그랬나!"

그의 처절한 고함 소리가 사당을 울렸다.

하나 학지명은 비릿한 미소를 지으며 되물었다.

"몰라서 묻나?"

"빨리 말해! 왜 그랬냐니까!"

학지명은 그의 얼굴을 잠시 바라보다 아무렇지도 않게 말했다.

"네가 한 대로 되돌려 준 거다."

"그게 무슨 헛소리……."

"모른 척하지 마라, 이 악마 같은 놈아!"

이번엔 학지명이 버럭 소리쳤다.

"네놈이 내 아내에게 한 짓을 잊었단 말이냐? 네놈이 내 아내를… 내 사랑스러운 이화를…….."

학지명은 감정을 주체하지 못하고 학질 걸린 사람처럼 전신을 떨었다.

"도대체 무슨 짓을 했다고 그러……."

"네 손으로 죽이지 않았느냐!"

학지명이 그의 말을 자르고 크게 소리쳤다.

"……!"

노대후는 마치 벼락을 맞은 것 같았다.

학지명은 튀어나올 것 같은 눈으로 그를 노려보며 소리쳤다.

"네놈이 이화를 죽이지 않았느냐! 그것도 처참한 꼴로 말이다. 이화가 그리도 탐이 났느냐? 네놈 입으로 말을 해봐라!"

학지명은 분을 참지 못해 노대후의 멱살을 틀어쥐고 흔들었다.

하지만 노대후는 아무런 저항도 없이 학지명의 손이 이끄는 대로 흔들리고 있었다.

그는 다른 생각을 하고 있는 중이었다.

'이화를… 내가?'

"그래! 바로 청협도라 불리던 네가 말이다!"

노대후의 생각을 읽을 수 있는 학지명은 그의 생각을 마치 말을 했다 착각했는지 연이어 소리쳤다.

"그날이었다. 바로 너와 약속했던 그날! 일이 늦어져 집에 돌아왔을 때 이화는 이미 차디찬 시신이 되어 있었다. 네놈은 완벽히 일을 처리했다 생각했겠지만 이화는 총명하게도 네놈이 범인이라는 증거를 남겼다. 네놈에게 몸이 더럽혀져 죽어 있던 그녀가 당시 손에 쥐고 있었던 게 무엇인 줄 아느냐?"

그때 노대후는 뭔가가 퍼뜩 떠올랐다.

"도… 환?"

"그래. 이제야 실토를 하는구나. 맞다. 네놈이 항상 도에 달고 다니던 도환이었다. 그리고 또 하나, 네놈의 찢긴 옷자락도 쥐고 있었다."

'하지만 그것은……'

"이래도 할 말이 있느냐?"

학지명은 눈까지 시뻘게져 있었다.

이십여 년 전 어느 날, 환자를 보고 돌아온 학지명은 참혹한 모습으로 죽어 있는 아내를 발견했다.

처음엔 당황했다. 예기치 못한 일에 슬픔보다는 당혹스러움이 더 컸다.

아내의 주검을 멍청하니 서서 바라본 지 일각이 지났을 때에서야 눈물이 흘러내렸다.

그리고 그 슬픔은 이내 분노로 바뀌었다.

그는 떨리는 손으로 아내의 시신을 세세히 살폈다.

풀어헤쳐진 옷, 그리고 정사의 흔적.

의원인 자신의 눈을 속이진 못했다.

이는 분명코 간살이었다.

그의 분노는 극에 달했다.

반드시 죽일 테다.

천 갈래 만 갈래 찢어 죽일 테다.

그의 머릿속은 오로지 복수의 갈망으로 가득 찼다.

이후 한참이 지나서야 그는 아내가 주먹을 쥐고 있다는 사실을 알아챘다.

그는 이미 딱딱하게 굳어 잘 펴지지 않는 주먹을 겨우 풀어냈다.

그 안엔 하나의 도환과 푸른 천 조각이 있었다.

물건을 알아본 학지명은 아내의 주검을 발견했을 때만큼이나, 아니, 그보다 더 경악했다.

그것은 자신의 둘도 없는 친구이자 강호에서 청협도로 명성을 떨치고 있는 노대후 것이었기 때문이다.

그는 망설였다.

과연 일을 어떻게 처리해야 할 것인가? 자신이 어떻게 행동해야 할 것인가?

아내가 죽으면서 남긴 것이니 거짓일 리 없다. 범인은 분명 노대후다.

하면 당장 노대후를 찾아가서 따질 것인가?

아니다. 그래선 안 됐다.

그는 부인할 게 뻔했다.

협명을 떨치고 있는 그가 아니라고 하면 모든 사람은 그의 말을 믿을 것이다.

증거도 증거가 되지 못한다.

그깟 도환, 노대후가 예전에 준 것이라 말하면 그뿐이었다.

이는 자신도, 그리고 죽은 아내도 원하는 바가 아니었다.

고심 끝에 결정을 내린 그는 그날 짐을 꾸려 집을 떠났다.

그리고 한 가지 대법을 완성하는 데 심혈을 쏟았다.

상대의 정신을 지배하는 대법, 바로 와혼대법이었다.

하나 이는 쉽지 않은 일이었다.

와혼대법을 완성하기 위해서는 그가 가진 지식만으로는 한계가 있었다. 이론은 있으나 이를 적용해 볼 도구, 즉 사람을 구할 수 없었다.

그러던 중 어찌 알았는지 적존교의 인물이 나타났다.

그는 학지명에게 실험에 필요한 사람을 무한정 공급해 줄 수 있다 했다.

학지명은 마다하지 않았다.

그렇게 해서 결국 와혼대법은 완성되었다.

그리고 노대후를 납치해 와 와혼대법을 펼쳤다.

하지만 복수를 위해서는 많은 시간을 기다려야만 했다.

이는 적존교와의 약속 때문이었다, 적존교주가 원하는 때가 되어서야 노대후를 강호에 내보낼 수 있다는.

노대후는 옛 친우의 말을 듣고 나서야 자신이 그런 짓을 저지르게 된 이유를 알게 되었다.

"쿨럭, 쿨럭."

갑자기 노대후가 기침을 해댔다.

입에서 흘러내린 피가 바닥을 적시기 시작했다.

그의 생명은 이제 얼마 남지 않아 보였다.

"흐흐흐, 기분이 어떠냐? 네 손으로 정인을 죽이고 사제를 죽인 기분이 어떠냔 말이다!"

학지명의 다그침에 노대후는 힘겹게 고개를 들어 그를 올려다봤다.

'친구……'

"자, 이제 말해봐라. 네놈이 이화를 범했다고 말이다. 그래서 천벌을 받은 것이라고 말이다."

노대후의 눈빛은 서서히 꺼져 가고 있었다.

하나 그러면서도 학지명에게서 시선을 떼지 않았다.

그의 입이 느릿하게 움직였다.

"미안하네… 지명."

"난 사과 따위를 듣고 싶은 게 아니다!"

학지명이 노해 소리쳤다.

"네가 이화를 죽여 천벌을 받았다고 말하라니까!"

아무리 복수를 위해서였다고는 하지만 그에게도 일말의 죄책감이 있어서였을까.

학지명은 자신이 벌인 일이 하늘을 대신한 것이라는 명분을 얻고 싶었던 게 분명했다.

노대후는 그의 심정을 이해했다.

"그래… 내가 죽였네. 그러니 자네는 마땅히 해야 할 일을 한 것뿐일세……."

학지명의 얼굴에 서서히 웃음이 번져 갔다.

"크하하하! 그렇지? 맞지? 모든 게 네놈의 잘못이야. 모든 일의 원흉은 바로 네놈인 것이야."

그의 웃음소리가 쩌렁거리며 사당을 울렸다.

그 웃음소리를 들으며 노대후는 눈을 감았다. 아니, 이젠 눈을 뜨고 있을 힘마저도 없었다.

노대후는 옛일을 생각하고 있었다.

학지명에게 듣진 않았지만 정확히 언제 이화가 죽었는지 그는 알 수 있었다.

아마도 그날일 것이다.

그녀의 청을 뿌리치고 돌아온 날.

학지명의 아내 이화.

그녀는 빼어난 미인이었다.

행실 또한 정숙하여 만인의 사랑을 받기에 부족함이 없었다.

하지만 그것은 겉으로 드러난 인품일 뿐이었다. 실상은…….

노대후의 머릿속에 그날의 대화가 떠올랐다.

"가시려는 건가요?"

"놓으시오."

"오늘 하루만이라도 저를 받아주실 수 없어요? 그이는 저녁에나 돌아올 거예요. 아무도 모른다고요."

"이화, 지금 무슨 소릴 하고 있는 것이오! 나는 당신을 친구의 아내 이상으로 본 적이 없소."

"그럼 이것은요? 제게 준 이 도환이 사랑의 증표가 아닌가요?"

"그건 그대가 원했기에 선물로 준 것뿐이오."

"좋아요. 그럼 대신 하루만 저를 안아주세요. 그것으로 당신을 잊겠어요."

"안 될 말이오."

노대후는 돌아섰다.

그리고 학지명의 집을 나오려 했다.

하나 그 순간 이화가 또다시 옷깃을 잡아챘다.

"못 가요!"

그녀의 표정이 앙칼지게 변했다. 음성 또한 그에 맞게 표독스러웠다.

"진정 이럴 것이오?"

"호호호, 오늘은 그냥 보낼 수 없어요. 만약 당신이 가겠다고 한다면 전 오늘 일어난 일을 그이에게 말할 거니까요."

노대후는 어이가 없었다.

"도대체 오늘 무슨 일이 있었다는 것이오?"

"몰라서 묻나요? 당신이 파렴치하게도 나를 범하려고 했잖아요."

노대후는 일시지간 할 말을 잃었다.

친구의 아내에게 할 말은 아니지만 미쳤냐고 묻고 싶었다.

하지만 그는 차마 입 밖에 낼 수 없었다.

"그 친구는 결코 믿지 않을 것이오."

노대후는 더 이상 이곳에 있기가 싫었다.

그녀의 손을 뿌리쳤다.

옷이 찢어졌다.

하지만 그는 개의치 않고 문을 나섰다.

그런 그에게 뒤에서 소리치는 그녀의 음성이 들려왔다.

"그이는 내 말을 믿을 거야! 내가 반드시 믿게 만들 거야!"

그때 확인했어야 했다.

그녀의 독기를 짐작하고 사태를 예견했어야 했다.

아마도 그녀는 지나가는 행인 중 아무하고나 몸을 섞었을 것이다.

그렇게 정사의 흔적을 만들고 자해했을 것이다.

그리고 자신의 물건을 쥔 채 자살.

누워 있는 노대후의 얼굴에 얼핏 희미한 미소가 떠올랐다.

씁쓸하면서도 처량한 미소였다.

'축하하오. 당신은 결국 뜻을 이뤘구려.'

한때 청협도라 일컬어지던 노대후는 그렇게 숨을 거뒀다.

第二十四章
드러나는 적존교

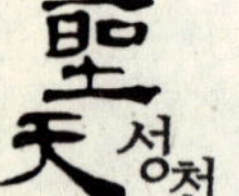

사당 안에 정적이 흘렀다.

희열 어린 광소를 터뜨리던 학지명도, 거친 숨을 몰아쉬던 노대후도 소리를 내지 않았다.

마치 시간이 그대로 멈춘 듯한 적막함만이 사당을 채우고 있었다.

'방금 뭐라 했지?'

학지명이 퀭한 눈으로 노대후의 시신을 내려다봤다.

노대후의 생각을 읽을 수 있는 그였다.

비록 노대후가 입 밖으로 내진 않았지만, 죽기 전에 했던 그 상념을 학지명은 똑똑히 들었다.

'이화가… 이화가……?'

"이… 일어나 봐라."

학지명의 음성이 떨려 나왔다.

하지만 노대후는 대답이 없었다. 그의 몸은 차디차게 식어 가고 있었다.

"일어나라니까! 어서 일어나라고!"

그는 털썩 주저앉더니 노대후의 몸을 미칠 듯이 흔들었다.

"방금 뭐라 했느냐? 이화가… 이 모든 게 이화가 꾸민 일이라 했느냐?"

그의 찢어지는 고함 소리가 귀청을 어지럽혔다.

"말해보라니까… 이놈아……."

어느 순간 그의 음성이 작아지더니, 끝내는 위지극의 귀에 들리지 않을 정도가 되었다.

하지만 미약하게 들리는 소리, 학지명이 흐느끼는 소리는 남아 있었다.

"왜… 왜 거짓말을 했느냐? 왜 네가 죽였다고 거짓을 말했느냐……."

학지명은 묻고 있었지만, 그 자신 역시 노대후가 그리 말한 이유를 알고 있었다.

어차피 얼마 남지 않은 목숨.

친구인 자신에게 짐을 지우지 않기 위해서다.

비록 자신의 도구로 이용되어 악을 행했지만, 죽는 순간만큼은 예전의 청협도로 남고 싶었을 것이다.

그리고 그것이 노대후가 생각하는 친구에 대한 의리였을 것이다.

"그래… 그렇겠지. 그게 자네다운 행동이었겠지… 하지만 그리되면 나는 뭐가 되겠는가? 내 생각은 하지 않았는가?"

학지명은 노대후의 얼굴을 쓰다듬으며 나지막하게 읊조렸다.

그는 그 짧은 시간 만에 몰라보게 수척해져 있었다.

친구에 대한 미안함, 아내의 배신에 대한 슬픔, 그리고 자신에 대한 죄책감이 만들어낸 결과였다.

"걱정하지 말게. 일을 마치는 대로 나도 곧 따라가겠네. 그때가 되면 예전처럼, 예전처럼 같이 술을 들도록 하세……. 내 술 석 잔으로 자네에게 사죄하겠네."

그는 느릿하게 일어섰다.

그는 적존교주와 약속한 것이 있었다.

지금은 함부로 죽을 수 없는 몸이었다.

만약 그렇지 않았다면 주저없이 이 자리에서 목숨을 끊었을 것이었다.

그가 가려 하자 상황을 모두 짐작한 위지극은 마음이 급해졌다.

괴인과 노대후 간에 오해가 있었다는 것은 이해할 수 있었다.

그의 심정이 어쩌리라는 것도 대략이나마 짐작할 수 있었
다.

하지만 눈앞의 괴인이 이번 일의 주재자란 사실 역시 확실
했다.

한낱 오해로 인해 벌어진 일이라 할지라도 말이다.

하니 결코 놓쳐선 안 되는 존재였다.

위지극은 벌떡 일어서더니 우희명이 말릴 새도 없이 사당
안으로 신형을 날렸다.

"어? 잠깐만!"

그녀는 잠시 어찌할 줄을 몰라 하다 결국 위지극의 뒤를 따
라 들어갔다.

"멈춰!"

위지극의 고함 소리를 들은 학지명이 천천히 신형을 돌려
세웠다.

그는 난데없이 한 소년이 나타났는데도 놀라지 않았다.

학지명은 위지극을 빤히 쳐다보다가 시큰둥한 표정을 지
었다.

"넌 누구냐?"

"그건 내가 묻고 싶은 말인걸?"

위지극의 당돌하다 싶은 말에 그의 미간에 흐릿한 주름이
생겨났다.

"되도록 오늘은 조용히 넘어가려 했건만……."

그가 한 걸음 다가섰다. 그때,

쉬익!

거친 바람을 일으키며 우희명이 모습을 드러냈다.

'소교주?'

그녀를 알아본 학지명이 잠시 흠칫하며 멈춰 섰다.

우희명은 뒤에서 위지극 몰래 손짓을 했다.

그건 그냥 가라는 뜻이었다.

'이 꼬마와 아는 사이인가 보군.'

아무리 그가 약왕전주라 할지라도 우희명의 명에 거스를 수는 없었다.

그의 눈은 여전히 위지극을 향해 있었다.

하지만 신형은 마치 귀신처럼 뒤로 주욱 밀려나더니 어느새 사당 밖으로 나가 있었다.

그리고는 어느 순간 사라져 버렸다.

"어?"

위지극은 어이가 없었다.

금방이라도 죽일 듯이 달려들 것만 같았는데 갑자기 도망을 치다니.

"쫓아가자."

정신을 차린 위지극이 우희명을 돌아보며 소리쳤다.

"싫어."

하지만 그녀의 대답은 의외의 것이었다.

게다가 어느새 쭈그리고 앉아 다리를 토닥이고 있었다.

"노대후보다 저자가 더 중요해!"

위지극이 설명했지만 우희명은 관심없다는 듯 여전히 다리만 열심히 주물러 댔다.

"힘들단 말이야. 정 그러면 혼자 가든지."

"너……."

위지극은 울상이 되었다.

자신 혼자서는 불가능하다는 것을 뻔히 알면서도 저런 말을 하는 그녀가 얄미웠다.

위지극은 학지명이 사라진 곳을 쳐다보다가 결국 자신도 털썩 주저앉았다.

"휴……."

힘든 하루였다.

칠사귀나 노대후와의 싸움도 그랬지만, 방금 사라진 괴인과 노대후와의 대화도 그를 피곤하게 만들었다.

위지극이 어깨를 늘어뜨리고 있자 우희명은 내심 미안했는지 슬그머니 그의 곁으로 다가갔다.

"오늘은 아니었지만, 반드시 잡게 될 거야."

"그래야지."

"이젠 뭐 할 거야?"

위지극은 주저없이 대답했다.

“유금도문으로 돌아가야지.”

“그러지 말고, 나랑 어디 좀 가자.”

“응?”

위지극이 의아한 표정으로 묻자 우희명은 빙그레 웃기만

했다.

“어딘데?”

“가보면 알아. 너에게 나쁜 짓은 안 할 테니까. 일단 가자.

응?”

“안 돼.”

위지극은 고개를 저었다.

“그건 나 혼자 결정할 일이 아니야. 그리고 일단은 친구들

에게 돌아가야 돼.”

우희명이 갑자기 삐친 듯한 표정으로 그를 흘겨보았다.

“그럼 나는?”

“어?”

“나는 뭐냐고?”

위지극은 당황스러워 얼굴이 붉어졌다.

“너는……..”

이제 두 번 만난 사이였다.

그나마 첫 번째는 악감정을 가지고 헤어졌었다.

다행이라면 그런 감정이 시간이 지나면서 수그러들었고

조금씩 그리움으로 바뀌었다는 정도인데, 아직 어떤 존재다

라고 단정하기는 힘들었다.

위지극이 우물쭈물하고 있자 우희명의 표정이 조금씩 날카로워졌다.

"흥! 기껏 찾아주고 도와줬더니!"

그녀는 고개를 획하니 돌렸다. 그리고는 또다시 다리를 주물럭거렸다.

"아, 다리가 떨어져 나갈 것만 같은데. 고맙단 말도 못 듣고……."

그가 화들짝 놀라 고개를 숙였다.

위지극은 자신이 혁조영에게 했던 말을 그녀에게 듣게 될 줄은 몰랐다.

"앗! 미안. 고마워."

"그리고?"

"그리고… 에, 또."

그는 그녀가 원하는 대답을 알 것 같았다.

"우린 친구지."

그 말에 우희명이 위지극에게 시선을 돌렸다.

"친구 맞지?"

"그래."

그녀가 배시시 웃었다.

"좋아. 그럼 오늘은 두 번째 만남을 가진 것으로 만족할게."

위지극은 안도의 한숨을 내쉬었다.

물론 이렇게 헤어지는 것이 아쉽기는 했지만, 금산청 등의 안위가 더 걱정이었다.

"그럼 다음에 봐."

그녀가 일어서자 위지극도 당황하여 일어섰다.

"다음에? 언제?"

"내가 신호를 줄게. 아마 나인 줄 금방 알 거야. 이번엔 약속 어기지 말고."

'안 어겼는데……'

위지극은 불만 어린 표정을 하며 속으로 중얼거렸다.

지난번의 일은 약속이 아니고 명령이나 다름없었기 때문이다.

"나 간다."

"자, 잠깐만!"

그녀는 신법을 펼치려다 움찔하고는 뒤돌아섰다.

"왜?"

"데려다 주고 가야지. 나보고 언제 거기까지 가라고."

위지극이 볼멘소리를 하자 우희명은 그에게 경공이 없다는 사실을 다시 한 번 깨닫고는 자기도 모르게 피식 웃음을 터뜨렸다.

"풋!"

"웃지 마!"

"알았어. 미안. 아무리 그래도 좀 너무했다."
"위로하는 척 놀리지 마. 나도 곧 익힐 테니까. 그땐 너보다 배는 빠를 거야."
"어서 빨리 그리되세요. 하지만 그땐 그때고, 지금은……."
그녀는 팔을 내밀며 히죽 웃었다.
'흐이그, 내 꼴이 말이 아니네.'
위지극은 인상을 쓰면서도 그녀의 품에 안길 수밖에 없었다.

＊　　　＊　　　＊

산 아래로 이어진 너른 들판.
두 사람이 겨우 걸을 수 있는 소로를 중심으로 좌우에는 빼곡하게 갈대들이 솟아나 있었다.
그 길을 느릿하게 가고 있는 한 명의 노인.
그는 단단한 체격에 가슴은 떡 벌어져 노인이라는 말을 무색케 했다.
조용히 걷던 노인은 갑자기 발걸음을 멈추더니 아무도 없는 정면을 응시했다.
"뉘신가?"
노인의 말에 대답하는 자는 없었다. 하지만,
스스스슷.

바람 이는 소리가 들리더니 기묘한 행색의 두 사람이 갈대 숲에서 모습을 드러냈다.

우측에 있는 이는 세상에 다시 보기 어려울 정도의 뚱보였다.

그리고 왼편에 있는 자는 그와 반대로 마치 나뭇가지처럼 메말랐다.

두 사람 모두 회의 장삼을 입고 있었는데, 뚱보는 장삼의 깃이 모자라 배가 다 드러나 있었고, 마른 자는 헐렁하여 마치 도포를 걸치고 있는 듯했다.

노인은 그들의 정체를 파악하려는 듯 주의 깊게 살폈으나 오히려 의문만 늘었다.

'현 강호에 이런 자들이 있었나?'

듣도 보도 못한 자들이었다.

하나 쉽게 볼 수만은 없는 자들.

노인은 이들의 실력을 한눈에 가늠할 수 없었다.

자신이 그렇다는 것은 놀랍게도 이들이 최절정의 고수란 뜻이었다.

이처럼 특이한 외모의 고수가 있었다면 강호에 소문이 나지 않았을 리 없건만.

"내가 누군지 아는가?"

그는 다시 물었다.

이들의 정체는 알 수 없지만, 그렇다고 해서 두려워할 필요도 없었다.

목석 같은 눈으로 자신을 쳐다보던 뚱보의 표정에 기이한 미소가 떠올랐다.

그리고 그의 입에서 마치 어린아이처럼 맑은 음성이 튀어나왔다.

“권제(拳帝) 주산명(儔山蓂).”

노인의 눈에서 순간 신광이 번뜩였다.

자신을 알고 있다.

그러면서도 이렇게 모습을 드러냈다는 것은 충분히 자신이 있다는 것인가? 그것도 단둘이서?

노인은 바로 삼황사제 중 권제였다.

비록 가장 말석이라고는 하나 천하에서 가장 강하다는 일곱 명 중 하나였다.

“어디서 왔나? 적존교인가?”

요즘 들어 심심찮게 들리는 이야기가 바로 적존교에 관한 것이었기에 혹시나 싶었다.

자신을 상대할 만한 고수가 강호에 알려지지 않았다는 사실은 그만큼 철저히 모습을 숨겼다는 말이기도 했다.

그리고 그에 부합될 만한 곳은 현재로선 적존교밖에 없었다.

하지만…….

뚱보는 여전히 기묘한 미소를 떠올린 채 이죽거렸고, 삐쩍

마른 자는 조용히 양 소매를 걷었다.

'말이 필요없다는 것이로군.'

대답하지 않는 자에게 말을 걸어봐야 무슨 소용 있겠는가.

주산명도 서서히 공력을 끌어올렸다.

"오시게."

쉭쉭!

어느새 자그마한 소도 두 개를 뽑아 든 뚱보와 두 손바닥을 쫙 편 또 다른 괴인이 기다렸다는 듯이 신형을 날렸다.

퍼퍼펑! 쓰아악!

그때부터 매서운 광풍과 귀를 찢는 괴음이 들판을 휩쓸기 시작했다.

*　　*　　*

남양 지단에 돌아온 위지극과 이십일조원들은 사흘째 그곳에 머물고 있었다.

비록 현사문을 구하는 것엔 실패했지만, 노대후와 칠사귀를 물리쳤으니 절반의 성공은 거둔 셈이었다.

조원들 중 몇몇은 어이없이 당한 독 때문에 힘도 제대로 못 쓰고 끝나 버린 것을 아쉬워했으나, 이는 또 다른 좋은 경험이 되었다.

그렇게 머무는 동안 위지극은 꽤나 바쁘게 이곳저곳을 돌아다녀야만 했다.

이는 모두 우희명 때문이었다.

그녀는 나중에 연락을 취하겠다고 하더니 위지극이 남양 지단에 도착한 첫날부터 신호를 보내왔다.

그것도 요란스럽게.

기와가 와장창 깨지는 소리에 지붕에 올라간 위지극은 돌멩이 밑에 놓인 쪽지를 발견했고, 그곳에는 '나와' 라는 두 글자만이 적혀져 있었다.

동료들의 이목을 피해 밖으로 나간 위지극은 배시시 웃으며 자신을 기다리고 있는 우희명을 찾을 수 있었다.

그때부터였다.

우희명은 위지극을 이끌고 남양의 명소를 돌아다니기 시작했다.

그야말로 느긋한 산천 구경이다.

처음엔 뭔가 중요한 곳을 가야 할 듯한 낌새를 풍기더니 의외로 남양 안에서만 맴돌았다.

위지극이 멀리까지 나가기 힘든 이유도 있었겠지만, 그보단 그녀의 계획이 바뀐 듯했다.

그렇게 사흘이 흘렀다.

그 사흘 동안 위지극은 우희명과 많은 시간을 보냈고, 예상 밖으로 그녀가 쾌활하면서도 순진한 면이 있다는 사실을 깨달았다.

예쁜 꽃 하나에도 활짝 웃었다.

맛있는 음식이나 새로운 음식을 접하게 되면 두 눈을 샛별처럼 반짝였다.

그런 가식없는 모습을 보며 위지극은 조금씩 그녀에게 정이 들어가는 자신을 발견할 수 있었다.

그리고 사흘째 헤어지던 날.

우희명은 집안일로 인해 잠시 이곳을 떠나야 한다 했다.

하지만 곧 다시 찾게 될 테니 걱정하지 말라며 손을 흔들었다.

위지극은 사라져 가는 그녀의 뒷모습을 보니 왠지 모를 공허함이 밀려왔다.

그녀의 존재가 단 며칠 만의 만남으로 이렇게 커져 있었다니, 이해 못할 노릇이었다.

그가 지단에 돌아왔을 때, 사연화가 그를 잡고 물었다.

"어디 갔다 와?"

"미안."

위지극은 양어깨를 축 늘어뜨린 채 힘없이 대답했다.

"들어가자. 막 회의를 시작하려던 참이었어."

그녀는 위지극의 기분이 안 좋아 보이자 별다른 말 없이 안으로 이끌었다.

위지극은 조용히 그녀의 뒤를 따랐지만 의아했다.

돌아갈 때가 다 됐는데 갑자기 회의라니……

그가 안으로 들어서자 이미 다른 조원들은 모두 모여 있었다.

한데 그 자리에는 남양 지단주와 부단주도 함께 있었다.

"어서 오게."

"기다리게 해서 죄송합니다."

남양 지단주 백무의 말에 위지극은 고개를 숙이며 급히 자리에 가 앉았다.

위지극은 금산청에게 속삭였다.

"무슨 일이에요? 우리끼리 모이는 것 아닌가요?"

"나도 모르겠다. 단주님께서 모집한 회의라서."

"오늘 본단으로부터 두 가지 소식이 전해져 왔네."

말을 꺼내는 백무의 안색은 엄숙하면서도 무척 신중해 보였다.

모든 이들은 그의 말을 초조하게 기다렸다.

"어제부로 적존교가 재출강호를 선포했다네."

"……!"

그의 말이 떨어지자 모두는 일시지간 할 말을 잃었다.

"드러내 놓고 말입니까?"

한참 만에야 금산청이 물었다.

위지극도 그 점이 궁금했다.

적존교가 모습을 드러낸다 하더라도 오랜 암약 후에나 나타나리라 예상하고 있었다.

“그렇네. 그들은 많은 준비를 한 모양이야. 적존교는 대담하게도 자신들의 위치까지 알렸네.”

“어딘가요?”

“육문산(六門山)일세.”

“네?”

사연화가 놀라 소리쳤다.

위지극은 모르겠다는 눈치였으나, 다른 이들의 표정은 그렇지 않았다.

“육문산이라면, 혹 천하상단(天下商團)의 본가가 있는 그곳 아닌가요?”

“맞네. 바로 그곳이지.”

모두는 얼이 빠진 듯한 표정으로 서로를 바라봤다.

강호에는 크고 작은 상단이 무수하게 많았지만 그중에서도 세 개의 상단이 중원 상거래의 사 할을 차지했다.

그런데 천하상단은 그중에서도 두 번째였으니, 그 규모가 가히 상상하기 힘들 정도였다.

“그럼 도대체 어떻게 되는 것입니까? 설마하니 천하상단이 적존교, 그 자체였다는 말씀이십니까?”

금산청의 말에 백무의 안색이 더욱 어두워졌다.

“아니야. 천하상단은 적존교의 일부에 불과하다네. 그러니 더욱 심각하지.”

“……”

“아무래도 지금의 적존교는 예전의 그들과는 완전히 다른 무리가 아닐까 싶네.”

모두는 그의 말에 동감했다.

강호에서 중요한 것은 두 가지였다.

바로 무력(武力)과 재력(財力).

예전의 적존교는 오로지 무력만을 지녔었다. 그나마 그 무력조차 염상천에 미치지 못했다.

하지만 지금의 그들은 파적사를 하급 무사의 적혈마장으로만 처리할 수 있을 정도의 엄청난 무력과 함께 재력까지 갖추었다.

게다가 본단의 위치까지 당당히 밝힌 것은 강호 전체를 상대할 준비가 되어 있다는 뜻이기도 했다.

“그들이 원하는 바가 뭔가요?”

“당연하지 않겠나. 강호일통이라네.”

“미쳤군요.”

소유아가 가소롭다는 듯이 콧방귀 소릴 냈다.

강호일통이 가당키나 한 말인가?

강호가 손바닥만 한 곳도 아니고 말이다.

모래알처럼 많은 문파와 얼마나 많은지 모를 기인이사들이 존재하는 곳이 바로 강호였다.

“대부분의 사람들은 허황된 말이라 생각하겠지만, 그들은 가능하다 여기는 것 같네.”

“그래서 방법이 있대요?”

“방법은 모르겠지만 일단 그들은 제의를 했다네. 한 달의 말미를 줄 테니 적존교에 가입하라고.”

“정말 미쳤군요. 만약 안 하겠다면요?”

“불복할 시엔 없애겠다는 것이지. 하나씩하나씩 차례차례.”

소유아는 기도 안 찬다는 표정을 지었다. 그건 다른 사람들도 마찬가지였다.

되지도 않는 소리다.

적게는 수십 년, 많게는 수백 년이 넘게 맥을 이어온 문파들이 그런 협박에 못 이겨 투항할 리가 없었다.

백무의 말이 이어졌다.

“하나 놀랍게도 벌써부터 적존교에 투항하는 문파들이 나타났다네.”

“네?”

소유아가 깜짝 놀라 되물었으나, 위지극은 그 말에 문득 무언가가 떠올랐다.

“아마 우리가 오지 않았다면 유금도문도 그중의 하나였겠지요?”

백무는 위지극을 새삼스러운 눈초리로 바라보다가 고개를 끄덕였다.

“어떻게 알았는가? 아마도 그리됐을 걸세. 자네들에게 말해줄 참이었는데… 노대후와 같은 자들, 즉 오래전에 실종됐던 자들이 다시 나타난 일이 꽤 여러 건이라네. 한데 그들은 모두 노대후처럼 마인이 되어 있었고, 그들이 속했던 문파를 장악했다네. 그리고 그 문파들이 바로……."

"이번에 적존교에 투항한 문파들이로군요."

"그렇네."

위지극은 혹시나 했던 일이 사실이다 보니 당시 괴인을 놓친 일이 더욱 아쉬웠다.

괴인이 노대후를 조종했다는 것을 깨닫고부터 불길한 느낌을 지울 수 없었다.

결국 그는 적존교의 인물이거나 그와 밀접한 연관이 있었다.

잠시 그날 사당에서의 일을 떠올리던 위지극은 갑자기 심장이 덜컥 내려앉았다.

'그럼 희명이가?

위지극은 그녀가 괴인과 알고 있는 사이일 것이라는 의심을 하고 있었다.

당시 괴인의 뒤를 쫓으려 할 때 그녀는 다리가 아프다는 핑계를 대며 돕지 않았다.

하지만 가만히 생각해 보면 아프다고 한 지 얼마 지나지도 않았는데, 다시 자신을 업고 유금도문까지 데려다 주지 않았는가?

그만한 공력이 있었다면 충분히 괴인의 뒤를 쫓을 수도 있었다.

결국 우희명은 괴인의 도주를 방조했다는 말이 됐다.

'희명이가 적존교도일까?'

지금까지 나온 결과로 유추해 볼 때는 틀림없었다.

위지극의 미간에 어두운 그늘이 졌다.

위지극을 옆에서 지켜보던 사연화는 그가 울적해하는 듯하자 어깨를 다독여 주었다.

"몇몇 문파가 투항했다고는 해도 크게 염려할 필요는 없어. 강호의 힘은 그 정도가 아니니까."

하나 위지극은 어설픈 미소를 지을 뿐이었다.

백무도 그녀의 말에 동의하듯이 고개를 끄덕였다.

"물론이지. 자네는 걱정할 필요없네."

그러더니 다시 엄숙한 표정으로 입을 열었다.

"한데, 자네들에게 알려줄 두 번째 소식은 나로서도 참담할 뿐이네."

모두의 시선이 다시 그에게 집중됐다.

"권제 어르신께서 돌아가셨다네."

"……!"

"뭐라고요?"

소유아가 벌떡 일어서며 소리쳤다.

그녀는 권제 주산명을 여러 번 만났었다.

그는 그녀의 사부 도황의 몇 안 되는 친우였다.

"암습… 인가요?"

권제의 무위를 잘 알고 있는 그녀는 분명 비겁한 암습에 당했을 것이라 생각했다.

하나 무백의 대답은 그녀의 예상과는 달랐다.

"그분은 아마도 두 사람에게 협공을 당한 듯싶네. 게다가 암습이라기보다는……."

"단 두 명에게?"

그녀의 눈이 커다래졌다.

권제는 그녀와 같은 사람 열, 아니, 스물이 함께 덤벼도 일 초를 감당하기 힘들 정도로 고강했다.

그런 그를 단 두 사람이서 어떻게 이길 수 있단 말인가?

"누군가요? 혹 적존교의 짓인가요?"

"흉수는 밝혀지지 않았네. 하지만 본단의 생각으로는 적존교의 짓이 아닐 듯싶다 하더군."

"그건 왜죠?"

"만약 그들이 저지른 일이라면 강호에 소문이 퍼뜨리는 게 더 좋기 때문이야. 겁을 주는 효과가 있을 테니까. 하지만 적존교 측에서는 이에 대해 별말이 없었거든. 한데 이상한 점은……."

그는 말을 멈추고는 금산청을 바라보며 물었다.

"자네, 혹시 성천이라고 아는가?"

순간 위지극과 사연화가 흠칫거렸다.

금산청은 잠시 생각하다가 이내 고개를 저었다.

"처음 듣습니다. 하지만 성스러운 하늘이라니, 조금 광오한 듯 보이는군요. 혹시 흉수와 연관있는 자들입니까?"

위지극은 그 말에 기겁했다.

속으로는 '절대 아니야'를 중얼거리고 있었다.

다행히도 백무의 말이 이어졌다.

"자네들도 처음 듣는다 하니 의외로군. 어찌 됐든 사실은 그 반대라네."

"반대라니요?"

지금껏 잠자코 있던 위도곡이 물었다.

"흉수들은 악랄하게도 권제 어르신의 시신에 흔적을 남기고 갔네. 불공성천이란 네 글자를 새겨놓았지."

"성천을 두려워하지 않는다고요?"

"맞네. 결국 돌이켜 말하자면, 그들은 성천을 두려워했던 자들이라는 결론이 나네. 해서 강호에는 과연 성천의 정체가 무엇이냐는 의문이 퍼지는가 싶었는데 단 하루도 되지 않아 그에 대한 해답이 나왔네."

사연화는 그게 당연하다고 생각했다.

성천의 존재는 비록 후기지수들이나 일반 강호인들은 몰랐지만, 구파일방의 수뇌나 북무림회 혹은 남무림맹의 주요 인사들은 모두 알고 있는 사실이었다.

그런 상황에서 권제의 죽음과 함께 성천이 대두되었으니 강호인들의 궁금증은 증폭될 수밖에 없었고, 성천에 대한 이야기가 자연스레 흘러나왔을 터였다.

뒤이어 백무는 성천에 관해 이야기했다.

그것은 위지극도 사연화에게 들어 익히 아는 내용이었다.

그의 이야기가 끝나자 금산청이 놀랍다는 듯이 입을 열었다.

"그런 일이 있었군요."

성천을 부르는 요성향의 존재.

그리고 후기지수들의 우상과도 같은 염상천 역시 그런 성천에서 왔다는 사실이 놀랍기만 했다.

하지만 불만도 생겨났다.

마치 강호가 전혀 힘이 없어 보이지 않는가?

위험할 때마다 성천을 부른다면 강호를 남에게 맡기는 꼴이었다.

이는 금산청만이 느끼는 게 아니었는지 옆에 있던 소유아가 투덜댔다.

"우린 뭐야, 그럼? 그곳에다 맡기기만 하면 만사 해결되는 거였어?"

백무가 나섰다.

"일견에는 그리 보일 수도 있지만, 사실 꼭 그렇지만은 않다네."

"왜죠?"

"그들 역시 강호인이기 때문이지. 생각들 해보게. 예전의 적존교가 강호를 어지럽힐 때도 많은 기인이사들이 돕지 않았는가? 그들 중의 하나라고 생각할 수도 있다네."

맞는 말이었다. 하지만 그래도 불만이 풀리지 않는지 소유아가 툴툴댔다.

"아무튼 성천인지 뭔지에서 누군가 나오기만 해봐. 이 흑전태도로 꼭 확인해 볼 테니까."

소유아가 큼직한 흑전태도를 툭툭, 치며 말하자 위지극이 또다시 흠칫거렸다.

'굳이 확인해 볼 것까지야……'

"해서 어찌 됐든 현 강호의 관심사는 두 가지일세. 앞으로의 적존교의 행로와 성천에서 보내온 사람이 누구냐는 것."

혁조영이 그의 말에서 뭔가를 깨닫고 조심스레 물었다.

"그 말씀은 이미 성천에 도움을 요청했다는 말씀인가요?"

"이런, 그 말을 하지 않았구만. 회에서는 이미 오래전에 요성향을 피웠다고 하더군. 한데 진정 자네까지 모르고 있었나?"

그는 북무림회주의 아들이었으니 백무가 의아해하는 것은 당연했다.

"아버지께선 저에게 공적인 말씀은 하지 않으세요."

"그랬구먼."

백무는 마지막으로 그들에게 회에서 조속한 귀환을 원한
다고 전해주고는 회의를 마무리했다.

그가 자리를 뜨고 난 이후에도 이십일조원들은 많은 이야
기를 나눴다.

그들의 주요 관심사는 적존교보다도 오히려 성천에 대해
서였다.

아무래도 나이가 나이이니만큼 새로운 인물의 등장에 흥
미가 일었다.

위지극은 그럴수록 좌불안석이었고 모두가 자리를 파할
때 즈음 금산청이 조용히 위지극에게 할 말이 있다며 따로 만
나기를 부탁했다.

그날 밤.

"산청 형!"

위지극이 후원에 도착했을 때, 금산청은 무언가를 생각하
고 있다가 그를 반겼다.

"왔구나."

"무슨 일인데요?"

위지극은 궁금한지 급히 물었다.

금산청은 잠시지간 아무 말도 없이 위지극을 바라보았다.

한데 그의 얼굴엔 묘한 미소가 한줄기 떠올라 있었다.

"왜… 왜 그래요?"

위지극은 괜히 머쓱해졌다. 그러면서도 왠지 그의 말을 듣기가 두려웠다.

이윽고 금산청이 나지막이 입을 열었다.

"너지?"

"……?"

위지극이 멀뚱거리고만 있자 금산청이 그의 어깨를 툭, 치며 웃었다.

"에이, 모른 척하지 말고. 아마 나 외에 다른 애들도 이미 짐작하고 있을 거다."

"네?"

"자꾸 그럴래? 성천에서 왔다는 사람, 그거 너잖아."

위지극은 순간 무슨 말을 해야 좋을지 몰라 엉거주춤하니 있었다.

이렇게 단도직입적으로 묻자 어색하면서도 난처했다.

"당황해할 필요없다. 네가 성천에서 왔다 할지라도 그걸 가지고 뭐라 할 사람은 없어. 유아도 아까는 그리 말했지만 너란 걸 알게 되면 좋아할 거다."

위지극은 갑자기 허탈해졌다.

사실 처음부터 비밀이랄 것도 없었다.

동료들을 속일 만한 이유도 없었다.

위지극은 조심스럽게 말문을 열었다.

"어떻게 아셨어요?"

“하하하, 요성향을 북무림회에서 피웠다면 성천에서 온 인물은 당연히 이곳으로 오지 않았겠나? 최근 들어 새로운 사람이라 해봐야 너 외엔 없으니까. 게다가 너는 회주님께서 직접 데리고 오셨다 했잖아. 출신도 불명확하고.”

“그랬군요…….”

성천이란 것 자체를 몰랐으면 또 모를까, 알게 된 뒤에야 어렵지 않게 짐작할 수 있는 내용이었다.

“그런데 막상 네가 그렇다고 털어놔 버리니까 궁금한 게 더 늘었다.”

“그곳에 관한 내용만 아니면 괜찮아요.”

“너도 명을 받은 게 따로 있구나.”

“특별한 건 아니고, 그곳에서 일어난 일이거나 상황에 대해서는 함구하라 하셨거든요.”

“그렇겠지. 오랫동안 알려지지 않았으니까.”

금산청이 고개를 주억거렸다.

그 자신도 오늘까지 성천이란 존재를 몰랐으니 위지극의 사정이 충분히 이해가 됐다.

그러다가 갑자기 금산청이 정색을 했다.

“혹시나 모르니 네게 해줄 말이 있다.”

그는 잠시 뜸을 들이다가 말을 이었다.

“노파심에서 하는 말일 수도 있으나, 네가 지금까지 보인 것이 네가 가진 것의 얼마나 되는지 모르겠구나. 만약 그것이

전부라면 앞으로 힘들지도 몰라."

위지극의 눈빛이 한순간 변했다.

하나 금산청은 말을 멈추지 않았다.

"너도 들었겠지만, 불공성천이라 밝힌 그들. 단지 개인인지 아니면 커다란 단체인지는 모르나 만약 그들이 너의 정체를 알게 된다면 분명 너를 노릴 것이야."

그는 혹시나 싶어 조용히 있는 위지극에게 한마디 덧붙여 설명했다.

"단 두 사람만으로 권제 어르신을 해할 정도면 그들이 어느 정도의 무위를 가졌을지 짐작이 가겠지?"

금산청이 위지극을 부른 이유는 사실 이 말을 해주기 위해서였다.

그는 걱정이 됐다.

위지극이 성천에서 왔다는 사실을 자신이 눈치챌 정도면 그들이 알게 되는 것은 시간문제였다.

지금까지 자신이 봐온 바로 위지극은 분명 뛰어난 무인이기는 하나 아직 최절정의 수준은 아니었다.

그것이 자신들을 속이기 위해서 한 위장이라면 다행이나 아니라면 목숨이 위험할 수도 있었다.

하나 한편으로는 성천이란 곳이 아무런 대책도 없이 사람을 내보내지는 않았을 터이니 위지극이 자각만 한다면 그 방법을 찾으리라 생각했다.

금산청의 말을 들은 위지극은 갑자기 등골이 서늘해지는 기분이었다.

솔직히 지금으로서는 그런 두 사람 중 한 사람도 감당하기 힘든 게 사실이었다.

'아, 정말 미워 죽겠네…….'

갑자기 위지극은 촌장이 원망스러웠다.

그가 자신을 내보낸 이유를 어렴풋이 알 것 같았다.

촌장은 아마도 자신이 역천지신이라는 사실을 알고 있었을 것이다.

하지만 죽지만 않을 뿐이지 힘이 없다면 무슨 소용인가?

결국 자신보고 알아서 처리하란 뜻이었다. 참으로 무책임하게도.

여기까지 생각이 미치자 위지극은 불현듯 오기가 솟아났다.

'알았어요, 알았어. 안 도와줘도 내가 다 해결할게요!'

어찌 됐든 자신을 믿고 내보냈으니 어린애처럼 징징대고만 있을 수는 없었다.

그래야 어머니를 볼 낯도 있고.

위지극이 금산청을 쳐다봤다.

그의 눈에는 결연한 의지가 엿보이고 있었다.

"돌아가면 폐관할게요."

第二十五章
성천자(聖天子)

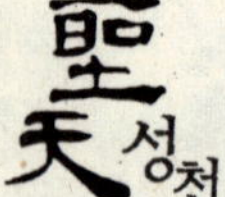

하남에 위치한 육문산.

불과 얼마 전까지만 해도 천하상단의 본단으로 알려진 육문산이 지금은 적존교의 본산이 되었다.

이 사실이 알려진 이후 북무림회에서는 육문산으로의 접근을 되도록 자제하라는 방을 붙였다.

하나 이는 지켜지지 않았다.

천하상단과 연을 맺은 상인과 중소 상단은 먹고살기 위해 발길을 끊을 수 없었고, 호기로운 무림인들은 적의 동태를 파악한다는 명분 아래 하나둘 모여들었다.

상인들은 굳이 산에 오를 필요가 없었다.

육문산 아래 위치한 탕평현. 천하상단은 그곳의 대저택들을 구입하여 이전처럼 상인들과의 만남을 지속했기 때문이다.

안도의 한숨을 내쉬는 상인들과 달리 육문산 아래에 당도한 무림인들은 곤혹스러웠다.

길이 없어졌다.

육문산이란 정상에 오르내리는 길이 여섯 개라 하여 지어진 이름이다.

한데 단 하나의 길도 남아 있지 않았다.

장정 대여섯 명이 지나갈 수 있었던 넓은 길이 빼곡히 들어선 나무와 수풀들로 가로막혀 있었다.

비록 그렇다고는 하나 무림인들은 당황하기는 할지언정 포기하진 않았다.

언제 그들이 길이 아니라 하여 돌아가는 사람들이었나.

그들은 삼삼오오 모여 산에 올랐다.

그리고 돌아오지 못했다.

이런 일이 몇 번 발생하자 북무림회에서는 조사단을 파견했다.

조사의 책임을 맡은 제갈가의 지자이자 기관진식의 대가인 제갈사취는 산을 자세히 둘러본 후 고개를 저으며 탄식했다.

"이곳은 세 개의 절진으로 둘러싸여 있소. 하나는 칠성금

쇄진(七星禁鎖陳)이고, 또 하나는 마령삼합진(魔靈三合陣)이
며, 나머지 하나는 불행하게도 나도 모르는 것이오.”

 그의 보고를 들은 북무림회는 육문산 전체를 금지로 지정
했다. 또한 사람들을 보내 지단을 설치하고 사람들의 접근을
막았다.

 그러는 동안 어느새 적존교가 준 한 달의 말미가 지나가고
있었다.

 육문산의 심처에 마련된 자그마한 모옥.

 조그맣고 하얀 손이 창을 젖히더니 이내 아리따운 소녀가
얼굴을 내밀었다.

 햇살 가득한 창밖과는 대조적으로 소녀는 얼굴을 찌푸리
고 있었다.

 그녀는 적존교주의 무남독녀이자 소교주, 또한 백령이란
지위까지 가지고 있는 우희명이었다.

 우희명은 무슨 이유에서인지 밖을 두리번거리고는 이내
쾅! 하고 창문을 닫았다. 그리고 침상에 걸터앉아 고개를 숙
였다.

 ‘이럴 거면 뭐 하러 내기를 한 거야? 비겁하게.’

 그녀는 속으로 투덜댔다.

 급한 일이 생겼다는 전갈에 위지극과 헤어진 우희명은 육
문산으로 돌아왔다. 하지만 그녀를 맞이한 것은 교주가 아니

라 사사였고, 그는 교주의 명이라며 우희명을 이곳에 거주시
켰다.

물론 말은 듣기 좋게 요양이라 했지만, 사방을 철통같이 지
키고 있는 자들이 있으니 갇힌 것이나 다름없었다.

우희명은 한쪽 뺨을 씰룩였다.

다른 때 같았으면 헛소리 말라며 뛰쳐나갔을 테지만, 지금
은 그조차 여의치 않았다.

자신을 지키고 있는 자들의 정체를 알기 때문이다.

교주를 가장 가까이서 지키는 이들, 교주의 명만을 받드는
이들. 바로 혈금(血金)이었다.

소교주인 자신조차 인원도, 실력도 파악하기 힘든 비밀에
싸인 조직이 그들이었다.

혈금이 나섰다는 것은 교주의 명에 절대복종하라는 의미.
아무리 천방지축인 우희명이라도 이를 어길 순 없었다.

그녀는 조그만 손을 꼬옥 쥐었다.

'이제 하루 남았어. 하루만 참으면……'

우희명은 아버지가 왜 자신을 이곳으로 불러들였는지 이
유를 알았다.

강호에 선전포고를 하고 출진을 준비하는 한 달 동안 자중
하라는 의미였다.

명색이 소교주인데 함부로 들쑤시고 돌아다니는 것은 교
차원에서 득이 될 게 없었다.

밖에서 인기척이 들린 것은 그때였다.

'아버지?'

그녀는 고개를 번쩍 치켜들었다. 하나 들려오는 목소리는 그녀가 바라고 있던 사람의 것이 아니었다.

"사매 있어?"

우희명의 미간이 잔뜩 찌푸려졌다. 하필이면 제일 만나기 싫은 사람이 왔다.

"들어와요."

이윽고 문을 열고 들어선 이는 멋들어진 흑의 장삼을 걸친 흑령이었다.

그는 들어서자마자 손을 휘휘 젓더니 인상을 썼다.

"이거 여자가 있는 방치고는 너무……."

"너무 어떤데요?"

그녀가 앙칼진 눈초리로 쏘아보자 그는 하얀 이를 드러내며 웃었다.

"포근하다고."

"흥!"

우희명은 고개를 획하니 돌렸으나, 흑령은 개의치 않고 의자에 걸터앉았다. 그 행동이 마치 자신의 집에 온 듯 자연스럽기만 했다.

"누가 앉으라고 했어요?"

흑령은 지그시 우희명을 바라보다 딴소리를 했다.

“사부님의 금족령도 내일이면 풀리겠군.”

“당신이 상관할 일이 아니에요.”

흑령은 고개를 저었다.

“아니야, 상관있어. 만약 그 아이를 만나러 간다면 말이지.”

순간 우희명은 흠칫했다.

‘설마……?’

흑령은 묘한 눈초리로 우희명의 반응을 지켜보다 지나가듯 말했다.

“위지극이라 했던가…….”

우희명의 안색이 돌처럼 굳어졌다.

역시 눈치채고 있었나?

“사사가 말해주었나요?”

“오호, 사사도 알고 있었나 보지? 사매는 내가 그 사람을 믿지 말라 했는데도 귀 기울여 듣지 않았군. 어찌 됐든 그는 아니야.”

“그러면 제가 수하들 단속을 게을리한 것이로군요.”

사사가 퍼뜨린 게 아니라면 남은 것은 백령마단뿐이었다.

흑령은 조용히 웃었다.

“사매의 마음에 들었으니, 그 친구는 필시 훌륭한 무공의 소유자에 외모 또한 출중하겠군.”

“무슨 말이 하고 싶은 거죠?”

"하지만 말이야, 상대를 잘못 골랐어. 하필이면 북무림회의 인물이라니. 사부님께서 이 사실을 안다면 얼마나 실망하시겠나?"

"당신이!"

우희명은 그 말을 듣고서야 자신에게 금족령이 떨어진 진정한 이유를 깨달았다.

"쓸데없는 오해는 하지 마. 그건 모두 사부님의 뜻이었으니까."

"당신이 조용히 있었으면 모르셨겠죠."

"내가 아니더라도 사부님은 아셨을 거야."

"말은 잘하는군요. 그래서 어쩌려고요? 극이를 만나러 가려고요? 아니면 벌써 만나봤나요?"

우희명이 그를 부르는 친근한 어투에 흑령의 안색이 잠시 스산하게 변했다.

아무리 냉정한 그라 해도 사랑하는 여인이 다른 남자의 이름을 정겹게 부르는 것을 좋아할 리 없었다.

하나 이내 평정을 되찾았다.

"나는 사매처럼 북무림회 앞에서 줄기차게 기다릴 만큼 한가하지 못해서 말이야. 하지만… 사매가 이처럼 간절히 바라니 가만히만 있지는 못하겠군."

"두려운가 보죠?"

"두려워? 하하하, 내가?"

그는 한바탕 대소를 터뜨리더니 느긋하게 말을 이었다.

"사매는 호기심과 두려움도 구분 못하는군. 내가 그를 만나보고자 하는 건 단지 호기심 때문이야. 뭐, 어느 정도 실력이 있는 것 같긴 하다만, 북무림회에서 자랑하는 인청각에 들었으니 말이야. 하지만 사매도 알잖아, 인청각 전원이 달려들어도 날 어쩌지 못한다는 사실을."

"아, 그러셨어요? 전혀 몰랐는데요?"

"그렇게 비꼬지 마. 머지않아 두 눈으로 확인할 수 있을 테니까."

그는 예의 여유로운 미소를 지으며 자리에서 일어섰다.

그가 나가려 하자 우희명이 조용한 목소리로 말했다.

"약속을 잊지 말아요."

"물론이지. 죽일 생각은 없어. 그럼."

그는 우희명의 대답도 듣지 않고 밖으로 사라졌다.

*　　　*　　　*

드디어 적존교가 투항을 받아들이기로 한 한 달이 지나갔다.

하나 투항을 결정한 문파들은 스무 곳 남짓. 대부분의 문파들은 그에 굴복하지 않았다.

적게는 십수 년에서부터 많게는 수백 년에 이른 역사를 가진 문파들이 적존교의 말 한마디에 문파를 내줄 리 없었으니 당연한 결과였다.

북무림회에서는 더욱 많은 사람을 파견해 적존교의 반응을 예의 주시하며 육문산에 대한 감시를 늦추지 않았다.

그들이 말뿐인 협박을 하는 존재였다면 사십오 년 전의 피바람도 없었을 것이다.

하지만 예상과 달리 그들은 잠잠했다.

육문산에서 나오는 모든 길을 감시하고 있었지만, 사람 그림자조차 발견되지 않았다.

그렇게 사흘이 흘렀을 때, 놀라운 일이 벌어졌다.

육문산으로부터 백여 리 떨어져 있는 사강과 내향 인근의 여덟 개 문파가 하루아침에 멸문지화를 당했다.

그리고 그 다음날엔 진평, 서협, 석천의 강호문파들이 무너져 내렸다.

그렇게 닷새가 지나고 나자 육문산으로부터 서쪽에 위치한 중소 문파들 사십여 곳이 사라졌다.

쉴 틈도, 방비할 틈도 없이 몰아친 닷새. 그러고나서야 적존교는 활동을 멈췄다.

강호가 술렁였다.

북무림회는 당황했다.

이렇게 급작스레 공격이 감행될 줄 미처 예상하지 못했다.

육문산에서 적존교의 무리가 빠져나가는 것을 확인하지

못했으니 어쩌면 당연했다.

세 개의 절진이 이목을 가리는 효과도 있는 것일까?

어찌 됐든 일은 벌어졌고 대책을 강구해야만 했다.

북무림회에서는 뒤늦었지만, 몇 가지 사실을 알아냈다.

습격의 선봉은 적룡대(赤龍隊)라 불리는 무리, 그리고 마무리는 이전에 파적사를 공격했던 적오단이었다.

적룡대는 일 개 조가 열 명으로 구성되어 있으며, 각기 허리에 용이 그려진 붉은 천을 감았기에 적오단과 구별됐다.

중간 급의 규모를 가진 문파에는 적룡대 일 개 조와 적오단 스무 명이 들이닥쳤다.

적오단 다섯 명만으로도 파적사를 죽음으로 내몰 정도였으니 그 위력을 감당할 수 있는 중소 문파는 없었다.

만에 하나 있을 실수조차 용납하지 못하겠다는, 철저히 힘으로 뭉개겠다는 뜻이었다.

직접 손을 맞대보진 않았기에 정확한 판단을 내리긴 힘들었으나, 북무림회에서는 적룡대의 무위가 대략 인청각의 상위조 무인들과 비슷하고, 적오단은 하위조와 비슷하리라 판단했다.

그리고 얼마 지나지 않아 적존교로부터 하나의 서찰이 당도했다.

거기에는 기습으로 일관하던 지금까지와는 달리 다음 목표가 적혀 있었다.

　그곳은 바로 강호육대세가 중 하나이자 위지극을 막정산
채로 팔아넘긴 임도옥의 본가인 동천 임씨세가였다.

　"내달 초하루요."
　북무림회주 혁우상이 각파를 대표하는 이들을 둘러보며
말했다.
　북무림회 만운각, 지금 이곳에선 한창 최고 수뇌 회의가 열
리는 중이었다.
　"하면 보름 정도 남았구려."
　공동의 십이장로 중 한 명인 한천자의 말에 혁우상은 고개
를 끄덕였다.
　"그렇소."
　"정말 오만한 자들이로군. 이건 우리가 공격할 테니 막을
테면 막아봐라 하는 수작이지 않소!"
　그러자 몇몇이 고개를 주억거렸다.
　"문제로군요."
　조용히 듣고만 있던 무당의 청현(淸賢)이 입을 열었다.
　"도우(道友), 그게 무슨 말이오?"
　"그들의 말을 한낱 자만이라고만 쉽게 단정할 순 없으니
말이오. 나는 왠지 그런 그들의 자신감이 오히려 걱정되는구
려."
　"허어, 무당이 어찌 그런 약한 말을 하시오."

공동에 비해 무당은 한 수 위로 평가받았다. 그런 무당의 장로인 청현이 마음 약한 소릴 하자 종남의 임주량으로서는 내심 기분이 언짢았다.

무당파 장문인의 사제인 청현은 매사에 극도로 신중했다. 이는 소심해 보이기까지 했는데, 어떤 면으로는 서로 간의 이권이 첨예하게 개입되어 있는 북무림회에 있기엔 어울리지 않는 인물이었다.

하지만 그래서 무당은 그를 대표로 보냈다.

청현이라면 매사에 이득을 취하지는 못할지라도 적어도 무당의 이름에 누가 될 행동을 할 리 없기 때문이다.

이는 소림과 함께 강호의 태산북두로 칭송받는 무당다운 결정이었다.

"그들은 오랜 시간 힘을 닦아왔음이 분명하오. 지금까지 벌어진 일만 보아도 이는 부정할 수 없는 사실이지요. 그러니 드러내 놓고 공격하겠다는 그들의 말을 단순히 오만이라 치부해서는 안 될 듯하오만."

한천자가 뭐라 소리치려 하자 혁우상이 먼저 말했다.

"본인의 생각도 청현 진인과 같소이다."

좌중의 시선이 모두 혁우상을 향했다.

"적존교가 이처럼 보란 듯이 자신을 드러낸 데에는 그들 스스로 그럴 만한 실력이 있다 판단했기 때문일 것이오. 하니 우린 마땅히 그에 맞는 대책을 강구해야만 하오."

"진정 그리 생각하시오? 한낱 마도의 무리 따위를 어찌……."

한천자는 화급한 성격을 드러내듯 얼굴이 시뻘게졌다.

마도와 사도를 원수처럼 대하는 그로서는 적존교를 칭찬하는 말을 마냥 듣고만 있을 수 없었다.

한천자가 격분하려 하자 옆에 앉아 있던 임주량이 나섰다.

"자, 자. 너무 흥분하지 마시구려. 회주의 말씀을 더 들어봅시다. 하면 회주께서는 어찌했으면 좋겠소?"

혁우상은 그를 잠시 바라보다 뒤에 서 있는 방사담에게 시선을 돌렸다.

"방 군사."

그의 부름에 방사담이 가벼운 미소를 짓더니 입을 열었다.

"적존교가 임씨세가를 공격하는 데 얼마나 많은 인원을 동원할지는 모르나, 결코 무시할 수준은 아닐 것입니다. 그러나 회의 만해원 일부와 사현각이 나서고 인근에 위치한 종남파가 돕는다면……."

"잠깐만 기다리시오."

방사담이 한창 설명하려고 할 때, 누군가가 조용한 목소리로 그의 말을 끊었다.

방사담은 목소리의 주인을 확인하고는 미미하게 미간을 찌푸렸다.

'역시 우려하던 대로인가……?'

“어떤 고견이 있으신지요?”

그는 예의 미소를 지으며 목소리의 주인에게 물었다.

“고견이랄 것까지는 없소만.”

티끌 하나 묻지 않은 새하얀 백의에 날카로운 인상의 노인이 방사담의 말을 받으며 일어섰다.

그는 바로 직접적으로 적존교에 맞서게 될 동천 임씨세가의 대표로 회의에 참석한 임사득이었다.

“본가의 위험에 도움을 주려는 회주와 강호 동도분들의 마음은 고맙소이다. 하나……”

그는 날카로운 눈으로 좌중을 쓸어보며 말을 이었다.

“이번 일은 본가의 힘만으로 충분하다 생각하오.”

그 말에 중인들은 서로를 쳐다봤다.

느릿하게 고개를 젓는 이도 있었다.

임씨세가가 생각하고 있는 바를 이 자리에 모인 모든 사람은 알고 있었다.

강호육대세가 중에서도 가장 말석을 차지하고 있는 임씨세가다.

사실 종남파와 화산파가 위치한 섬서에서 지금과 같은 지위를 확보한 것만 해도 뛰어나다 할 수 있었다. 하지만 그뿐, 회의 요직이라 할 수 있는 자리까지에 오른 이도 없었고, 더 이상 이렇다 할 진보도 없었다.

그러던 차에 지금과 같은 상황은 한편으로는 위기였지만

다른 한편으론 기회가 될 수도 있었다.

적존교는 지금까지 패한 적이 없었다.

비록 상대가 중소 문파였다고는 하나 그들의 무자비한 손속을 지켜볼 때, 은연중에 위압감이 드는 것도 사실이었다.

그런 적존교를 임씨세가가 이겨낸다면 단번에 커다란 명성을 얻게 될 터였다.

하나 이는 가문의 존망을 놓고 벌이는 도박과도 같았다.

아무도 적존교의 진정한 무력을 파악하고 있지 못하기 때문이다.

"허허, 이보시오."

보다 못한 청현이 나섰다.

"무슨 이를 말씀이라도 있으시오?"

"어찌 스스로 위험을 무릅쓰려 하시는 게요. 설사 임씨세가가 적존교를 이겨낸다 해도 거기엔 많은 희생이 따를 수밖에 없는 것인데……."

"그건 본가의 문제요."

"……."

임사득이 잘라 말하자 청현은 입을 다물었다.

그건 청현뿐만이 아니라 이곳에 모인 모든 사람들 역시 마찬가지였다.

정작 본인이 싫다고 하는데 억지로 도움을 주려 하는 것도 우스운 꼴이었다.

방사담은 속으로 탄식했다.

'어찌 저리 생각이 짧은가. 이것이 임씨세가만의 문제가
아니라는 사실을 정녕 모른단 말인가.'

그는 사실 이리되리란 예상을 어느 정도 하고 있었다. 하지
만 막상 현실이 되고 보니 답답기만 했다.

조그만 문파 몇이 무너지는 것과 임씨세가와 같은 강호 명
문세가가 무너지는 것은 그 의미에 있어서 천지 차이였다.

임씨세가가 무너지면 강호 전체가 적존교에 두려움을 느
낄 것이다.

적을 두려워해서야 무슨 승산이 있겠는가?

그래서 단번에 깨뜨려 적존교가 강하지 않다는 인상을 주
는 것이 무엇보다도 중요한 때이건만…….

회의장 안에는 침묵이 흘렀다.

이곳에 모인 사람들 중 명문대파 소속이 아닌 사람이 없었
다.

누구 하나 강호인들에게 존경받지 않는 사람이 없었다.

하지만 지금 이 순간만큼은 그들도 벙어리가 된 듯 조용하
기만 했다.

결국 한참 만에야 혁우상이 입을 떼었다.

"그대의 뜻은 잘 알겠소. 재고의 여지는 없는 것이오?"

임사득은 그와 눈을 마주쳤다.

"없소이다. 이것은 가주의 뜻이오."

혁우상은 조용히 고개를 끄덕였다.

"임씨세가의 입장이 그러하다면 어쩔 수 없구려. 하나 우리는 한식구나 다름없소."

'그건 네놈들 생각이겠지.'

임사득은 속으로 중얼거렸다.

이미 확고한 위치를 점한 자들이니 편하게 할 수 있는 소리다.

그에 비해 임씨세가는 아직 세력을 다지는 중, 언제 또 다른 신진 문파에게 자리를 내줄지 알 수 없는 불안한 상황이었다.

"해서 임씨세가의 일에 완전히 손 놓고만 있을 수만은 없는 노릇이오. 이해하시겠소?"

혁우상의 음성은 나직했지만 미미하게 노기가 서려 있었다.

임사득은 잠시 혁우상을 쳐다보다가 입을 열었다.

"좋소. 그러면 회의 도움을 받겠소. 단!"

"……?"

"그것은 인청각에 한해서요. 대충 서너 개 조면 적당하겠소만."

그러자 여기저기서 탄식 소리가 들려왔다.

"허어."

"도대체 이 무슨……."

인청각이 비록 뛰어난 무인들로 이루어져 있다고는 하나 어디까지나 후기지수들이다.

하니 원래 나서기로 했던 사현각이나 광해원과 비교하자면 그 힘이 약할 수밖에 없었다.

과연 그들이 나서서 어떤 도움이 되겠는가?

이 자리에 있는 모든 사람들은 그의 꿍꿍이가 무엇인지 훤히 꿰뚫고 있었다.

철저히 자신들의 힘만으로 적존교를 상대하겠다는 뜻이었다.

인청각원들은 보기 좋은 허수아비일 뿐, 그곳에서 적존교와 싸울 일도 없을 것이다.

임사득을 쳐다보는 혁우상의 눈에 잠시 신광이 어른거리다 사라졌다.

"그게 전부요?"

"그렇소."

"임씨세가의 뜻이 정 그렇다면 그리하도록 하겠소."

"회주!"

"회주, 그건 안 될 말씀이오."

몇몇이 놀라 소리쳤으나 혁우상이 손을 들어 올려 좌중을 진정시켰다.

"우린 북무림회 건립의 취지에 따르려 했으나, 당사자인 임씨세가가 원치 않으니 어쩔 수 없소."

그리고는 임사득을 향해 가볍게 포권을 취했다.

"하면 임씨세가의 무운을 빌겠소."

"고맙소이다."

마주 포권을 취한 임사득은 곧바로 만운각을 벗어났다.

그가 사라지고 나자 각파의 대표들이 서로를 바라보며 웅성거렸다.

좌중이 점점 소란스러워지고 있을 때 청현이 나서서 물었다.

"회주, 어쩌실 생각이시오? 정말 임씨세가 혼자 적존교를 상대하게 놔둘 작정이오?"

"그럴 셈이오."

혁우상은 단호했다.

이에 청현이 난처한 기색으로 뭔가 다시 말을 하려 할 때 혁우상의 무겁도록 가라앉은 음성이 이어졌다.

"그러나 만에 하나 임씨세가가 화를 당한다 해도 적존교 역시 몸 성히 돌아가진 못할 것이오."

그의 두 눈에선 무서운 광망이 흘러나오고 있었다.

*   *   *

"말도 안 돼. 이게 도대체 며칠째야?"

탁자에 턱을 괸 채 곰곰이 생각하던 소유아가 갑자기 소리쳤다.

"뭐가 말이니?"

사연화가 묻자 소유가의 고개가 기다렸다는 듯이 그녀를 향했다.

"극이 말이야, 언니. 벌써 한 달이 넘었잖아. 그런데 그동안 한 번도 안 나왔어."

"그랬지."

"어머! 언니는 그게 안 이상해?"

소유아가 깜짝 놀란 표정을 짓자 한쪽 침상에서 두 사람의 대화를 듣고 있던 위도곡이 한마디 했다.

"폐관에 들었으니 당연히 안 나오지. 들락날락거리면 그게 폐관이야?"

소유아의 눈빛이 사나워졌다.

"아무것도 모르면 오라버닌 잠자코 있으시지."

"내가 뭘 모르는데?"

"극이가 어디서 폐관하고 있는지도 모르는 눈치구만 뭐."

"무슨 소릴, 당연히 알고 있지. 사취암에 들어갔잖아. 조영이가 입구를 막았고."

"알고도 그런 소릴 해? 사취암은 폐관수련을 할 만한 곳이 아닌데도?"

"자기 취향에 맞기만 하면 되지. 딱히 안 될 이유가 없지 않아?"

그 말에 소유아가 손가락을 흔들었다.

"모르시는 말씀! 그곳엔 꼭 필요한 게 없어."

"……?"

위도곡이 멍한 표정이자 사연화가 물었다.

"뭐가 없는데 그래?"

그러자 소유아가 크게 소리쳤다.

"밥!"

"……."

"정말 몰라서 그래? 거기엔 밥이 없잖아."

사연화가 흠칫하여 위도곡을 쳐다봤다. 한데 위도곡도 적잖이 놀란 눈치였다.

소유아의 말이 맞았다.

사취암은 애초에 폐관수련을 염두에 두고 만든 곳이 아니었다.

물론 북무림회에는 폐관수련자를 위한 공간이 따로 있었다.

그곳에는 오랫동안 먹을 수 있는 식량과 물이 마련되어 있었으며, 그 외에도 여러 가지 제반 시설이 갖추어져 있었다.

하지만 위지극은 사취암을 선택했다, 그곳에서 연공하는 것이 편하다며.

"혹시 벽곡단 같은 것을 가져간 게 아닐까?"

위도곡이 설마 하는 마음에 물었으나 소유아는 세차게 고개를 저었다.

"절대 아니야. 벽곡단이 아니라 검만 잔뜩 지고 갔지."

그녀의 말에 위도곡은 잠시 위지극이 폐관에 들던 날을 회상했다.

위지극은 남양 지단에서 돌아오자마자 폐관을 하겠다고 발표했다.

그리고 다음날 스무 개 가까이나 되는 검을 챙겨 들고는 사취암으로 향했다.

도대체 그렇게 많은 검으로 무엇을 하려 하느냐고 물었지만, 위지극은 히죽 한 번 웃어주고는 그대로 사취암으로 들어갔다.

생각해 보니 그때, 위지극의 양손에는 오직 검만이 들려 있었다.

"그러면 극이는 지금까지 밥도 물도 없이 굶고 있다는……."

위도곡은 중얼거리면서도 정말 말도 안 되는 소리란 생각이 들었다.

그렇게 오랫동안 물조차 마시지 않고 살 수 있는 사람이란 없었다.

그때였다. 지금까지 조용히만 있던 금산청이 빙그레 웃으며 입을 열었다.

"너무 걱정들 하지 말아라. 극이에게는 괴상한 신공이 있잖아."

모두의 시선이 그를 향했다.

"만상유신공 말인가요?"

"그래."

그는 대수롭지 않게 말했다.

당시 유금도문에서 노대후에게 당했던 도상이 채 하루도 안 돼 흔적도 없이 사라지자 조원들은 모두 어찌 된 일이냐고 위지극을 추궁했고, 그는 우희명에게 했듯이 모든 게 만상유신공 때문이라 설명했다.

또한 그날 위지극은 자신이 성천에서 왔다고도 밝혔다.

그 말이 떨어지자마자 소유아가 도를 치켜들었지만 다행히도 금산청의 만류 덕분에 위지극은 무사할 수 있었다.

"하지만 그건 치유하는 데에만 사용하는 게 아니었나요?"

사연화가 믿기 힘들다는 표정으로 물었다.

"물론 극이가 자세히 설명하지는 않았지만, 그 정도로 위력이 대단한 신공이라면 한두 달쯤은 먹지 않고도 살 수 있게 해주지 않겠어?"

"……."

사연화는 여전히 의심쩍다는 표정이었지만 소유아는 고개를 몇 번 갸우뚱거리더니 이내 천천히 주억거렸다.

"어쩌면 오라버니 말이 맞을 수도 있겠네. 거, 되게 쓸모있는 무공이다. 그치, 언니?"

“으응······.”

사연화는 확실히 의문이 풀린 것은 아니었으나 지금으로서는 그렇게 이해하는 수밖에 없었다.

“정말 성천에는 괴상한 무공도 많이 있네. 검법도 그렇고, 만상유신공도 그렇고… 털어보면 더 요상한 무공들이 나오려나?”

소유아의 얼굴에 얼핏 기이한 미소가 떠올랐다.

이를 본 금산청은 그녀에게 들볶일 위지극이 상상되어 한 차례 몸을 움찔했다.

“근데 오라버니, 언제까지 극이가 성천에서 왔다는 걸 비밀로 해야 돼?”

“적어도 당분간은.”

“정말 우리 외에는 아무도 몰라?”

금산청이 피식 웃었다.

“원로분들이나 각주님들은 모두 알고 계시겠지. 단지 말씀을 안 하실 뿐이야.”

“휴우, 난 입이 근질거리는데. 특히 그놈한테는 꼭 알려주고 싶어.”

“누구?”

“누구긴! 그 재수없는 한취 녀석이지. 극이에게 그렇게 지고서도 봐준 거라고 떠들고 다니잖아. 그놈 형이란 작자도 옆에서 거들고.”

“그냥 놔둬라. 그렇게 살게.”

“아무튼 나중에라도 극이의 정체를 알게 되면 볼만한 표정들일 거야. 후후훗.”

금산청도 소유아를 따라 미소를 지었다.

자신의 생각과 달리 인청각의 그 누구도 위지극이 성천에서 왔다는 사실을 눈치채지 못했다.

위지극이 어느 순간 갑자기 나타나긴 했지만, 정작 그가 회주가 데려온 인물이라는 것을 아는 사람이 없었기 때문이다.

금산청은 다행이라 생각했다.

위지극의 정체를 아는 사람이 적으면 적을수록 좋았다.

그래야 권제를 해한 무리들의 목표가 되지 않을 테니.

한데 언제부터인가 강호에는 점점 이상한 소문이 돌기 시작했다.

성천으로부터 온 미지의 인물을 성천자(聖天子)라 부르며 엉뚱한 소문이 꼬리에 꼬리를 문 것이다.

키는 장신에, 몸은 삐쩍 말랐고, 눈에서는 무시무시한 신광을 번뜩인다고 했다.

심성 또한 차갑기 그지없어 추호의 사정을 두지 않고 악을 멸한다고 했다.

그는 하나의 도법을 사용하는데, 한 번 휘두름에 천풍광우를 일으키며 그 위력이 도황의 무공에 버금갈지도 모른다고도 했다.

위지극을 아는 이십일조원들로서는 정말 어처구니없는 낭설이었지만, 누가 만들어냈는지는 몰라도 그럴듯했기에 강호에서는 점차 성천자의 형상이 괴이하게 굳어져 가고 있었다.

이렇듯 그에 관한 무서운 소문도 있었지만, 반면 좋은 내용도 있었다.

그는 여인들에게만은 따듯하다고 했다.

겉으로는 날카로운 눈매에 냉혹한 성격의 소유자이지만 마음 깊은 곳에는 따스한 정이 흐르는 인물, 게다가 극강의 고수.

그러니 무인이라 자처하는 이들과 여인들은 누구를 막론하고라도 만나보고 싶어하는 이가 바로 성천자였다.

금산청이 천천히 미소를 거뒀다.

그는 위지극의 현 상태에 대해 생각하고 있었다.

물론 위지극은 자신의 충고에 따라 폐관에 들었다.

하지만 폐관을 한다 할지라도 눈에 뜨일 정도의 성취를 이루기 위해서는 적어도 일 년 이상의 수련 기간이 필요한 게 일반적이었다.

하지만 지금 상황은 그렇게 느긋하니 무공을 수련하고 있을 만큼 한가롭지 않았다.

이미 적존교가 무너뜨린 문파의 수가 수십에 달했고, 얼마 후면 임씨세가를 친다고 공표했으니 이제 곧 자신들도 동원될 게 분명했다.

이번엔 단순한 출사가 아니라 출진과 다름없었다.

목숨을 보장할 수 없을지도 몰랐다.

그러니 위지극이 폐관을 마치고 나올 때쯤에는 또 어떤 상황으로 변해 있을지가 걱정됐다.

'잘 풀리면 좋으련만……'

그가 속으로 중얼거렸다. 바로 그때,

'……!'

뭔가 이상함을 느낀 금산청이 갑자기 고개를 번쩍 치켜들었다.

익숙한 기운이었다.

하지만 그러면서도 어딘지 모르게 새로웠다.

'설마……?'

우당탕!

그가 급히 일어나는 통에 의자가 바닥을 굴렀다.

"오라버니!"

소유아가 눈을 동그랗게 뜨고 소리쳤다.

하지만 이를 듣지 못한 듯, 금산청은 자리를 박찬 기세대로 뛰어가더니 문을 왈칵 열어젖혔다.

"너……?"

"어?"

"극아!"

문밖에는 놀랍게도 위지극이 서 있었다.

옷은 형체를 알아볼 수 없을 만큼 너덜너덜 찢어져 있었고, 말라비틀어진 핏물로 검붉은 얼룩이 져 있었다.

금산청은 위지극의 몰골에 적잖이 놀랐는지 그를 위아래로 훑어보았다.

이게 어디 무공을 수련하다 온 사람의 모습인가?

이는 전장에서 죽다 살아온 패잔병의 모습이었다.

금산청이 너무도 놀란 나머지 아무 말도 못하고 있자 위지극은 몇 번인가 눈을 깜빡이더니 그를 향해 밝은 미소를 지었다.

그리고 조용하게, 하지만 힘이 실린 음성으로 말했다.

"저 돌아왔어요."

그 말에 정신을 차린 금산청이 급히 물었다.

"괜찮은 거야? 너 이 꼴이……?"

위지극은 고개를 끄덕이는가 싶더니 금세 얼굴을 찌푸렸다.

"괜찮은 줄 알았는데 아니네."

"……"

위지극이 배를 문질렀다.

"배고파요."

식당에 도착한 위지극은 마치 걸신들린 것처럼 먹어댔다.

사람이 저렇게 먹을 수 있는 걸까?

하긴 사흘 굶은 사람처럼 먹는다는 말도 있었으니, 이해되지 않는 것도 아니었다.

하지만…….

벌써 반시진이 넘게 말 한마디 없이 이것저것을 입에다 쑤셔 넣고 있는 위지극을 보고 있자니 이십일조원들은 기가 질렸다.

"정말 그동안 아무것도 못 먹었어?"

사연화의 물음에 위지극은 고개만 까닥거렸다.

뭐라고 말이라도 할라치면 입안에 든 게 모조리 튀어나올 것만 같았다.

그 모습을 본 모두는 조용히 입을 다물 수밖에 없었다.

"휴우."

그렇게 반 시진이 더 흘러서야 위지극이 배를 두드리며 만족스런 미소를 지었다.

"그렇게 배고픈데 어떻게 지금껏 수련했어?"

금산청이 웃으며 말문을 열었다.

"사취암에 있을 때는 느끼지 못했는데……."

위지극이 머릴 긁적이며 말하자 금산청의 미소가 더욱 짙어졌다.

위지극의 말은 말 그대로 식음을 잊고 수련에 매진했다는 뜻이었다.

금산청도 그런 적이 있었다.

배고픈 것도, 시간이 흐른 것도 인지하지 못한 채 무공에 빠져들 때가.

하지만 그것도 정도가 있다. 길어야 하루나 이틀. 한데 위지극은 그 시간이 한 달이 넘었다는 말이 된다.

만약 만상유신공이란 절세신공이 없었다면 절대 불가능했으리라.

금산청이 자리에서 일어섰다.

"잠깐 나 좀 보자."

그는 그 말만을 남기고 식당을 벗어났고, 위지극은 무슨 일인가 싶었으나 조용히 그를 따랐다.

이윽고 한적한 곳에 다다른 금산청은 위지극에게 검을 건넸다.

"보고 싶다."

"네?"

검을 받아 든 위지극은 멀뚱하니 그를 쳐다봤다.

"수련의 성과 말이야."

위지극은 잠시 그와 눈을 마주치다 손에 들린 벽자검을 바라봤다.

오랜만에 보는 벽자검이 반가웠다.

"좋아요."

위지극은 빙긋 웃으며 뒤로 물러섰다.

금산청의 눈에 이채가 서렸다.

위지극이 검을 펼치기 위해 물러선 것은 이해가 되나, 그 거리가 너무 멀었다.

일이 장 정도면 충분한데도 위지극은 자신에게서 오 장이 넘게 물러났다.

"그럼 형을 적이라 생각할게요. 그래도 되죠?"

"물론이지."

위지극은 눈을 감았다.

그리고 양손을 자연스레 늘어뜨렸다.

금산청은 그런 위지극의 행동을 예의주시했다.

그가 어떤 검법을 펼칠지는 모르나 몸짓 하나도 놓치지 않을 셈이었다.

그러던 어느 순간.

위지극이 눈을 부릅떴다.

푸아악!

그와 동시에 위지극을 중심으로 강한 바람이 퍼져 나갔다.

"엇!"

금산청은 자신도 모르게 소릴 질렀다.

어느새 위지극의 손에는 뽑혀져 나온 검이 들려 있었다.

'어… 언제……?'

위지극의 팔이 움직이는 모습을 보지 못했다.

검이 뽑혀져 나오는 소리도 듣지 못했다. 그랬는데…….

"차앗!"

뒤이어 위지극의 우렁찬 기합 소리가 들렸다.

그리고…….

금산청은 천지를 가득 메우는 새하얀 빛을 볼 수 있었다.

第二十六章
흑령(黑靈)과의 조우(遭遇)

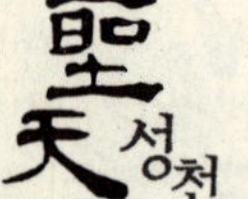

동천 임씨세가는 오랜 전통의 명문대파인 종남파로부터 삼백여 리쯤 북쪽에 위치했다.

동천에 임씨가문이 정착한 지는 이백 년이 넘었으나 무가로서 명성을 날린 것은 채 백 년도 되지 않았고, 육대세가에 포함된 것은 이제 겨우 십오 년이 되었다.

임씨세가의 모처.

가주 임가육이 이제 막 북무림회에서 돌아온 숙부 임사득과 장남인 임진남과 함께 이야기를 나누고 있었다.

"가셨던 일은 잘 풀리셨습니까?"

임가육의 물음에 임사득의 입꼬리를 말아 올리며 대답했다.

“그렇네.”

“회에서 별다른 반응은 없었는지요?”

“그들이야 도와주고 싶다는 의견이었지만, 일언지하에 거절했네. 뻔한 수작질을 하더군.”

“잘하셨습니다. 하지만 그들이 곱게 물러날 리가 없을 터인데…….”

“물론이지. 해서 다른 문파의 도움은 필요치 않으니 인청각의 몇 명만 달라 했네.”

임가육의 얼굴에 야릇한 미소가 피어올랐다.

“그러셨군요. 그 아이들이 온다 할지라도 큰 도움이 될 리는 없으니 말입니다.”

“맞네. 적존교를 물리친 힘은 순수한 본가만의 것이라 강호인들은 인식할 것이네.”

그는 이미 승리를 거둔 것처럼 흡족한 표정을 지었다.

임가육은 숙부의 말에 동의하듯 고개를 끄덕이고는 임진남을 바라봤다.

“일이 우리의 뜻대로 흘러간다면 너의 공이 가장 크다.”

“과찬의 말씀이십니다, 아버님.”

“아니다. 네가 그 비급을 가져오지 않았다면 적존교의 목표가 된 것이 기회가 아니라 자칫하면 멸문의 위기로 끝났을지도 모르는 일이야.”

남들이 들었으면 미쳤다고 할 만한 소리였다.

지금까지 보인 적존교의 막강한 위세를 생각한다면 이들은 즐거워하기보다는 걱정을 해야 하는 게 옳았다.

육대세가 중에서도 가장 말석인 임씨세가다.

이들의 실력을 적존교가 모를 리 없었다.

그런 적존교가 임씨세가를 치려 할 때는 그만한 힘을 동원할 게 분명했다.

한데도 이처럼 느긋하기만 하니…….

하지만 이에는 그럴 만한 이유가 있었다.

모든 것은 삼 년 전 임진남이 하나의 책자를 가져오면서부터 시작됐다.

겉표지에는 아무것도 쓰여 있지 않았다.

하지만 안의 내용은 임가육도 직접 보지 않았다면 도저히 믿지 못할 만큼 놀라운 것이었다.

임씨세가의 독문심법은 매하단심공(梅遐斷心功)이다.

매하단심공은 특이해서 초반의 습득은 매우 빨랐다. 하나 오성 이상이 넘어가면서부터는 진행이 매우 더뎌 십 년을 익혀도 일성을 더 나아가기가 힘들었다.

해서 임씨세가의 무인들은 대부분이 육성의 벽을 넘지 못했고, 가주 역시 천고의 노력 끝에 겨우 칠성에 이를 뿐이었다.

비급에 쓰인 것, 그것은 다름 아닌 매하단심공이었다. 하지만 지금까지 그들이 알고 있던 매하단심공이 아니었다.

근본은 같지만 전혀 다른 심공. 오성에서 멈추지 않고 육성, 칠성을 빠른 속도로 익힐 수 있게 보완된 것이었다.

임가육은 대번에 이를 알아챘다.

임진남이 가져온 책은 임씨세가로서는 보물 중에 보물이었던 것이다.

임진남은 그 비급을 허름한 객잔에서 우연찮게 얻었다 했다.

그것이 어떻게 해서 임진남이 묵게 된 객방에 있었는지, 누가 가져다 놨는지, 아니면 원래의 주인이 누구인지는 알 수 없었다.

하지만 하나만은 분명했으니, 그것은 임씨세가의 부흥을 이끌어낼 원동력이 될 수 있으리란 사실이었다.

임가육은 내심 흥분되기도 했지만 섣불리 행동하지 않았다.

가장 먼 방가의 아이를 불러들인 후 그에게 먼저 익히게 했다.

그리고 반년 후 그 아이의 성취를 시험해 보고 나서야 확신했다.

부작용은 없었다.

비급의 내용은 정공 중의 정공이었으며, 매하단심공의 무리를 그대로 따르는 상통된 무공이었다.

그때부터 임가육은 가솔들에게 이를 전수하기 시작했고,

이 년여가 지난 지금은 당시와는 비교할 수 없을 만큼 놀라운 성취를 이룩할 수 있었다.

그동안 비급에 얽힌 사연은 비밀로 유지되었고, 무공 또한 함부로 드러내지 않았다.

단번에 임씨세가를 육대세가의 수위로 올릴 수 있을 만한 기회가 와야만 했다.

그리고 드디어 그 기회가 도래했다.

한편 임진남은 아버지의 칭찬에 우쭐해졌다.

평소 칭찬을 즐기지 않고, 묵묵하기만 한 아버지에게 들은 칭찬이었으니 오죽하랴.

그동안의 노력을 모두 보상받은 기분이었다.

"준비는 잘돼가고 있는가?"

"그렇습니다, 숙부님. 이제 수일 안으로 모두 모일 것입니다."

그는 분가한 사람들까지 가주의 명으로 모두 불렀고, 이미 속속들이 본가에 합류하고 있는 중이었다.

"그럼 이제 손님만 오면 되겠군."

"그렇지요. 그들은 본가를 택한 것을 땅을 치고 후회하게 될 것입니다."

"암, 그래야지. 그래야 하고말고."

임사득은 고개를 주억거리며 예의 흡족한 미소를 지었다.

                    *   *   *

"모두 무사히 귀환하길 바라겠다."

"존명!"

우렁찬 대답 소리가 북무림회의 일각을 뒤흔들었다.

이는 인청각 이십조부터 이십사조까지의 조원들이 내지르는 함성이었다.

일단의 연설을 마친 인청각주 사무진이 단을 내려가자, 인청각원들은 북무림회를 나섰다.

모두 서른 명의 후기지수.

이들은 임씨세가의 요청 아닌 요청에 의해 선발된 인청각원들이었다.

그들이 사라지는 뒷모습을 높은 마루에서 지켜보던 방사담이 혁우상에게 넌지시 말을 건넸다.

"걱정되진 않으십니까?"

"조영이 말인가?"

"……"

"자네 생각을 먼저 듣고 싶군."

"저 아이들이 먼저 적존교와 맞부딪칠 일은 없을 것입니다. 임씨세가 측에서 그리할 리 없기 때문이지요."

"내 생각도 그렇네."

"하지만 여전히 임씨세가의 행동에는 의문이 남습니다. 그

들의 처지는 이해합니다만 너무 과욕을 부리는 것은 아닌
지……."

"솔직히 납득하기 힘든 행동이었지. 하나 임사득은 바보가
아닐세. 아무런 준비도 없이 그런 결정을 하지는 않았을 거란
말일세."

"하면 알려지지 않은 비밀이라도 있는 걸까요?"

"틀림없을 걸세. 분명 숨겨둔 무기가 있을 것이야. 비록 그
게 무엇인지는 모르지만."

"한데……."

방사담은 잠시 머뭇거리다가 말을 이었다.

"왜 인청각 중에서도 뒷 조를 택하셨습니까?"

방사담은 회주의 측근이자 군사이면서도 이번만큼은 그
이유를 알지 못했다.

아무리 형식적인 지원이라고는 하나 이왕이면 실력이 보
다 뛰어난 앞 조를 보내는 것이 타당했다.

굳이 회주가 자신의 아들까지 속해 있는 뒷 조를 보낼 필요
가 없었다.

혁우상은 잠시 방사담을 지그시 바라봤다.

혁우상의 얼굴에 알 듯 모를 듯한 어색함이 떠올랐다.

각이 저 남자다운 그의 얼굴과는 사뭇 어울리지 않는 표정
이었다.

"혹시 제가 알지 못하는 일이라도……?"

혁우상은 조용히 한숨을 내쉬더니 품에서 작은 종이를 꺼내 방사담에게 내밀었다.

방사담은 의아한 눈빛으로 그를 쳐다보다 이윽고 종이를 펼쳤다.

그리고 자신도 모르게 경악에 찬 소릴 냈다.

"이건!"

"그렇네."

혁우상의 음성은 담담했다.

"언제 받은 전갈입니까?"

"오늘 아침일세. 내 머리맡에 놓여 있더군."

"……!"

방사담의 눈이 더욱 커졌다.

아침에 회주의 머리맡에 놓여 있었다?

도저히 있을 수 없는 일이었다.

그러기 위해서는 북무림회의 뛰어난 고수들로 이루어진 외단과 내단의 삼엄한 경비를 모두 뚫어야만 했다. 그것만 해도 다섯 겹이다.

그러고 나서도 회주의 신변을 숨어서 보호하는 수호대의 눈을 속여야 했는데, 그것으로도 끝이 아니었다.

무엇보다도 어려운 난관이 남아 있었다.

사제(四帝) 중에서도 첫째로 평가받는 검제(劍帝), 천향검 혁우상의 이목을 속이는 것!

누가 있어 북무림회주의 지근거리까지 접근하여 편지를
놓고 간단 말인가?

그것이 가능하다면 혁우상을 암살하는 것도 식은 죽 먹기
이리라.

그제야 방사담은 혁우상의 표정이 좋지 못한 이유를 알았
다.

그리고 왜 회주의 아들이 포함된 인청각조를 보냈는지도
알았다.

그는 회주의 심기가 어지러울 것이라 생각되어 종이를 건
네며 급히 화제를 바꿨다.

"오 일 후 출발하면 될 듯합니다."

"다른 이들은 어떤가?"

"화산과 종남, 모두 동의했습니다."

"알겠네. 그리고……."

"……."

"난 자네가 생각하는 것처럼 기분이 그리 나쁘지 않아."

방사담은 대꾸하지 않았다.

그러자 혁우상이 조용히 웃었다.

"왜? 내 말이 거짓처럼 들리는가?"

"그럴 리 있겠습니까?"

"난 말이야. 이 자리에 오른 뒤 오랫동안 자극이란 걸 받지
못했네. 무인으로서 꼭 필요한데도 말이지."

북무림회주가 검을 빼어 들 만한 일이란 극히 드물 수밖에
없었다.

"왠지 조금씩 나태해져 가고 있는 게 아닌가 싶었네. 그러
던 차에……."

혁우상은 종이를 들어 올렸다.

"이것이 그런 나를 깨웠네."

* * *

북무림회를 출발한 위지극과 이십일조원들은 닷새가 지나
동천과 삼십여 리 떨어진 태현에 이르렀다.

처음엔 다섯 개 조가 함께 이동했으나 시간이 흐를수록 점
점 흩어지더니 지금에 와선 이십이조만이 이십일조와 동행하
고 있었다.

이제 반나절만 더 가면 목적지인 임씨세가에 도착할 수 있
었으나 해가 저물려 하기에 금산청은 비교적 큰 객잔을 찾아
들어 갔다.

각자 짐을 풀고 식사를 하기 위해 나온 그들은 각기 조별로
자리를 잡았다.

소유아가 힐끗 한쪽에 자리한 이들을 쳐다보고는 중얼거
렸다.

"참, 유별나네. 동석해도 될 텐데."

“아무래도 한 놈이 극구 반대하나 보다.”

금산청이 피식 웃으며 답했다.

소유아의 시선이 말쑥하게 차려입은 청년을 향하자, 위지극도 슬쩍 뒤돌아봤다.

그곳에는 한취가 있었다.

“나 때문인가…….”

위지극이 기지개를 켜며 말했다.

“그야 물어보나마나 아니겠어?”

“보기보다 속 좁네.”

위지극이 툴툴대자 위도곡이 한마디 했다.

“원래 가해자는 금방 잊어도 피해자는 오랫동안 가슴에 담아두기 마련이지.”

“왜 극이가 가해자야? 피해자지.”

사연화가 마치 자신의 일처럼 기분 나쁜 듯이 말했다.

그러자 뭔가를 더 말하려던 위도곡이 머쓱한 표정으로 입을 다물었다.

“그거야 우리 생각이고, 한취는 그리 생각 안 하는 모양인데?”

금산청이 차를 홀짝이며 입을 열었다.

과연 그 말대로 한취는 매서운 눈으로 위지극을 노려보고 있었다.

“곤란하게 됐네. 내일이면 도착할 텐데 이렇게 분위기가 서먹해서야.”

위도곡이 고개를 내저었다.

그때였다.

끼이익.

나무 비틀리는 소리와 함께 눈처럼 하얀 백의 경장의 사내가 객잔 안으로 들어섰다.

그는 깨끗한 얼굴에 꽤 준수한 용모의 소유자였다.

백의청년은 주의를 천천히 둘러보다 위지극을 발견하고는 가벼운 미소를 지었다.

‘응?’

위지극도 청년을 보았다. 분명 자신을 보고 웃었다.

‘누구지?’

처음 보는 얼굴이었다.

한데 이상하게도 한취의 매서운 눈빛을 받던 때보다 그의 미소를 접한 지금이 더 거북했다.

“아는 사람이야?”

이상한 낌새를 눈치챈 사연화가 조용히 물었다.

“아니, 전혀. 너는?”

“나도 모르겠는걸.”

백의청년은 위지극에게서 눈을 떼지 않은 채 한쪽으로 가자리를 잡고 앉았다.

점소이를 불러 주문을 하는 동안에도 그의 눈빛은 위지극을 향해 있었다.

그는 주문한 백화주가 나오자 느긋하게 한 잔을 비웠다.

그리고 낙화생을 입안에 털어 넣으며 조그맣게 중얼거렸다.

"북무림회의 떨거지들 중에서는 개중 나은 편이군."

그의 말은 비록 크지 않았으나 이 자리에 있는 인청각원들이 못 들었을 리 만무했다.

"뭐야?"

크게 소리친 소유아가 자리에서 벌떡 일어서려 했으나 금산청의 제지로 일어서지 못한 채 씩씩댔다.

"왜 말려요?"

"기다려 봐라."

금산청은 청년에게서 풍겨 나오는 무형의 기운이 심상치 않음을 느꼈다.

청년은 비록 병장기 하나 지니지 않았으나 무인임이 확실했다. 그것도 뛰어난 고수.

이를 본 백의청년의 입가에 묘한 미소가 걸렸다.

"잘 선택한 거야."

소유아의 아미가 매섭게 치켜 올라갔다.

완벽히 무시하는 말투였다.

그녀는 흑전태도를 어깨에 걸쳐 멨다.

한 번만 더 비아냥댄다면 금산청이 말리더라도 출수할 생각이었다.

그때 백의청년이 자리에서 일어서는가 싶더니 곧장 그들에게 다가왔다.

흑전태도를 쥐고 있는 소유아의 손에 힘이 들어갔다.

금산청도 손을 아래로 늘어뜨려 언제라도 검을 뽑을 수 있게 준비했다.

청년이 자신들에게 좋지 못한 생각을 가지고 있다는 것은 굳이 물어보지 않아도 확실했다.

백의청년이 바로 앞까지 다가오자 위지극은 게슴츠레한 눈으로 그를 올려다봤다.

"나를 찾아온 거야?"

"말이 짧군."

흑의청년의 입꼬리가 조금 더 말려 올라갔다.

위지극은 피식 웃었다.

"피차일반이지 뭐. 용건이 뭔데?"

"위지극."

"맞아. 내 이름이 그거지. 괜한 소리 하지 말고 찾아온 이유나 말해."

금산청은 의아한 눈으로 위지극을 바라봤다.

위지극의 반응은 보통 사람들과는 달랐다.

일반적으로 이럴 때는 상대방의 정체를 궁금해하는 게 정상 아닌가?

백의청년도 마찬가지 생각이었는지 물었다.

"내가 누군지 궁금하지 않나?"

그 말에 위지극은 오히려 그에게서 시선을 거두며 툭, 내뱉었다.

"전혀."

"……!"

백의청년의 얼굴에 언뜻 살기가 스쳐 지나갔다.

"멍청한 건지, 대담한 건지 모르겠군."

"할 말 없으면 가봐. 밥 먹어야 되니까."

위지극은 백의청년이 안중에도 없는 듯 보였다. 이에 옆에 있던 금산청이 괜히 불안해졌다.

가까이서 접하니 더욱 확실해졌다.

인정하기는 싫었으나 백의청년은 자신보다 실력이 높았다.

고의로 기세를 드러내고 있는 것인지 감추고 있는 것인지는 몰랐으나 만약 후자의 경우라면 더욱 위험했다.

백의청년은 끓어오르는 성질을 억누르려는 듯 눈을 한 번 지그시 감았다 떴다.

"사매를 생각해서……."

그 순간 위지극의 고개가 그를 향해 휙하니 돌아갔다.

"사매?"

"이제야 관심이 좀 생기나?"

하나 위지극은 입을 열지 않았다.

얼굴에는 그 어떤 감정도 떠오르지 않았다.

잠시 보였던 관심은 어느새 사라진 듯 다시 무심한 표정이었다.

백의청년은 무언가 반응을 보이리라 생각했던 위지극이 조용히만 있자 다시 말을 이었다.

"사매를 생각해서 당장 손을 쓰지는 않겠다. 하지만……."

그와 동시였다.

파앗!

백의청년의 눈에서 시뻘건 적광이 번득였다.

"큭!"

옆에서 그의 눈을 바라보고 있던 위도곡에게서 외마디 비명이 흘러나왔다.

손끝은 미세하게 떨리고 눈빛이 몽롱하게 변해갔다.

금산청이 놀라 급히 그의 손을 잡았다.

"도곡!"

하지만 위도곡의 손은 떨림을 멈추지 않았다.

마치 무언가에 홀린 듯, 아니면 극도의 공포심을 느끼는 듯 식은땀까지 흘리고 있었다.

금산청도 위도곡만큼은 아니었으나 상황은 비슷했다.

백의청년의 눈빛을 접하는 순간 머릿속을 무언가로 강타당한 느낌이었다.

그 충격은 머리를 지나 온몸으로 퍼져 나갔으며 심신을 어지럽히고 있었다.

다만 금산청은 심후한 내공으로 어느 정도 감내할 수 있는 반면 위도곡은 그렇지 못한다는 차이가 있었다.

'극… 극인……?'

금산청은 위지극을 돌아봤다.

자신과 위도곡은 단지 옆에서 힐끗 본 것뿐이었다. 그런데도 엄청난 충격을 느꼈다.

하니 정면으로 맞서고 있는 위지극이 받을 타격은 비교할 수 없으리라.

그러나…….

위지극은 여전히 게슴츠레한 눈빛 그대로였다.

"……!"

위지극은 묵묵히 적광을 보며 있다가 한참 만에야 입을 열었다.

"그만 괴정마안(壞情魔眼)을 거두시지."

"뭣!"

그 말에 백의청년의 안색이 돌변했다.

동시에 그의 눈빛이 평상시로 돌아왔다.

위지극이 시큰둥하니 말했다.

"되지도 않는 거 계속하고 있으면 뭐 해?"

"너……?"

"뇌정신마(雷情神魔)가 직접 펼쳤으면 모르겠으나 너는 오성에도 이르지 못했잖아."

백의청년은 놀란 정도가 아니었다.

괴정마안은 상대의 정신을 부수는 안법이다.

정신을 풀어헤쳐 가닥가닥 끊어놓는 무공이다.

사실 그는 자신이 어느 정도의 경지인지도 파악하지 못한 상태였다.

괴정마안은 교주로부터 특별히 사사한 무공이었다.

하지만 괴정마안의 연원은 교주도 몰랐다.

뇌정신마란 말도 오늘 처음 들었다.

한데 한낱 인청각원에 불과한 놈이 이를 어찌 알고 있단 말인가?

'설마 사죽림에서?'

마공을 가장 잘 알고 있는 것은 당연히 마인이다.

사부와 자신조차 파악하지 못하고 있는 뇌정마안을 꿰뚫어 봤다면 상대가 마인일 가능성이 구 할 이상이었다.

여기까지 생각이 미친 그는 급히 신형을 뒤로 일 장가량 물렸다.

물론 지금 손을 쓴다면 위지극의 목숨을 취하는 건 일도 아니었다.

하지만 만에 하나 그가 자신이 생각하고 있는 곳에서 온 인물이라면 문제가 될 수도 있었다.

“왜? 가려고?”

백의청년은 대답하지 않았다.

다만 뚫어지게 위지극을 응시할 뿐이었다.

“기껏 눈싸움하려고 여기까지 왔나? 그 먼 육문산에서?”

“어?”

“뭐라고?”

주위에 있던 사람들이 놀라 소리쳤다.

육문산!

그곳이 적존교의 본산이라는 사실을 모르는 사람은 이 자리에 없었다.

“그럼 저놈이 적존교도란 말이야?”

소유아가 눈을 휘둥그렇게 뜨고 물었다.

“아마도. 안 그래?”

위지극의 마지막 말은 백의청년을 향한 것이었다.

백의청년은 그 짧은 사이에 위지극에게 놀란 감정을 추스르고는 담담한 음성으로 대답했다.

“용케도 알아봤군.”

백의청년은 바로 흑령이었다.

“뭘 그 정도 가지고.”

위지극이 대수롭지 않게 말하자 흑령이 조용하게 뇌까렸다.

“딱히 비밀도 아니었으니 우쭐해할 것 없다.”

“우쭐해한 적 없어. 그보다…….”

위지극은 주위를 둘러보며 말을 이었다.

“이젠 어쩔 셈이지?”

옆에 있던 금산청과 소유아, 그리고 한쪽에 떨어져 있던 이십이조원들까지 자리에서 일어서고 있었다.

상대의 정체를 몰랐으면 모르겠으나, 이미 적존교도임을 알았으니 순순히 보내줄 순 없었다.

십이 대 일의 상황.

그러나 흑령의 입가에는 오히려 미소가 감돌았다.

“오늘은 너와 대면한 것으로 만족하겠다. 하지만 다음번에 만났을 때는 목을 조심해야 할 거야.”

그는 주위 사람은 안중에도 없다는 듯이 말하고는 그대로 객잔 밖으로 신형을 날렸다.

바로 그때,

“어딜 가려고!”

“이놈!”

벼락 같은 호통 소리와 함께 성격 급하기로는 우열을 가리기 힘든 소유아와 한취가 튀어나왔다.

그러나,

“흥!”

피핑!

무언가가 그 둘을 향해 빛살처럼 쏘아져 나갔다.

소유아는 대경하여 급히 흑전태도를 휘둘렀다.

텅! 부르르.

'크으.'

흑전태도를 통해 강한 진동이 전해져 왔다.

그녀는 순간 멈칫할 수밖에 없었고, 그사이 흑령은 자취를 감춰 버렸다.

'대단한 내력!'

적이지만 인정하지 않을 수 없었다.

'도대체 어떤 암기이기에……'

주위를 두리번거리던 소유아는 순간 안색이 흑빛이 되었다.

자신으로부터 일 장여 떨어진 돌벽에 낙화생이 박혀 있는 것이 아닌가.

'겨우 저걸로?'

낙화생은 하나의 흠집도 나지 않아 마치 벽에 조각이라도 된 듯 보였다.

당연하게도 암기는 단단할수록 유리했다.

그럴수록 진기를 실어보내기도 용이하기 때문이다.

그래서 사천당가의 암기는 수백 번을 제련한다고 하지 않던가?

한데 손가락 힘만으로도 부서뜨릴 수 있는 낙화생으로 흑전태도의 움직임을 막았으니 백의청년의 공력은 도대체 얼마나 고강하다는 것인가?

"한취!"

뒤에서 급박한 소리가 들려왔다.

그녀가 돌아보자 한취가 부러진 검을 들고 멍하니 서 있었다.

"괜찮아?"

한취와 같은 조인 이건추가 급히 달려가 그를 부축했다.

그는 넋이 나간 표정으로 천천히 고개를 끄덕였다.

"다행이구나. 정말 무서운 암기술이었다."

하지만 이건추의 말이 그에게는 위로가 되지 않는 듯 비틀비틀 걸어가 자리에 주저앉았다.

'하긴.'

소유아는 고개를 내저었다.

한취와 소유아는 내력에 있어 별반 차이가 없었다.

그런데 벽자검에 비해 세 배 이상 두껍고 강한 흑전태도도 뒤로 물렸으니 어쩌면 당연한 결과였다.

"대단한 고수구나."

금산청이 위지극을 돌아보며 말했다.

솔직히 금산청은 뭔가 답답했다.

이제 곧 적존교를 맞아 싸워야 하는데 자신과 나이도 비슷한 동년배임에도 저런 놀라운 실력을 가진 적존교도가 있으니 마음이 편할 리 없었다.

하지만 위지극의 반응은 의외였다.

"대단한 고수임에는 틀림없으나 크게 걱정하지 않아도 될 듯하네요."

"……?"

"보아하니 저자는 꽤 높은 지위에 있는 것 같아요."

"흠."

"지금까지 적존교는 항상 무리를 지어 다녔잖아요. 일처리도 주어진 것만 하는 듯했고. 한데 저자는 우리 앞에 혼자 나타난데다 행동도 매우 자유로웠어요. 결국 딱히 누구의 명령을 듣지 않는다는 뜻이죠."

"일리가 있구나."

그는 고개를 끄덕이고는 위도곡의 어깨에 손을 올렸다.

"괜찮으냐?"

"네, 형님. 죄송하게도 그만 부끄러운 모습을 보이고 말았습니다."

"뭘, 명색이 조장인 나도 힘들었는데."

"그런데 극이 넌?"

위도곡이 묻자 위지극의 얼굴이 조금 붉어졌다.

"제가 뛰어났다기보다는 알고 있던 무공이어서 대비한 것뿐이에요."

"알고 있던 무공이라… 그럴 수도 있겠구나."

위지극은 성천에서 왔으니 적존교의 무공을 잘 알고 있을 것이었다.

하지만 이는 위도곡의 착각이었다.

위지극이 괴정마안에 대적할 수 있었던 것은 오로지 무혼심결의 힘 때문이었다.

흑령의 눈이 번쩍이는 순간 내현지성이 발했고, 동시에 진기가 흘렀다.

진기의 흐름은 괴정마안의 파훼법을 따랐고, 때문에 영향을 받지 않은 것이었다.

"극아……."

사연화가 불쑥 위지극을 불렀다.

"응?"

"그게……."

그녀가 머뭇거리자 답답한 듯 위지극이 웃으며 물었다.

"뭔데 그래?"

사연화는 그럼에도 쉽게 말을 꺼내지 못하고 한동안 망설이다 겨우 입을 열었다.

"좀 전에 그자가 사매라고 했었는데……."

예기치 못한 그녀의 말에 위지극은 한차례 흠칫거렸다.

"네가 아는 사람이야?"

"으응……."

위지극의 대답에 이십일조원들이 모두 놀란 표정으로 그를 쳐다봤다.

"아는 사람이라고?"

금산청이 확인하듯 다시 물었다.

위지극은 조그맣게 고개를 끄덕였다.

"네."

"허!"

금산청은 조그맣게 탄식했다.

위지극의 표정으로 보아 백의청년의 사매 되는 여인과 결코 얕지 않은 관계임을 직감했기 때문이다.

게다가 백의청년이 적존교에서 차지하는 위치가 높으리라 예상되는 지금 그의 사매 역시 마찬가지 아니겠는가?

적존교와 혈투를 눈앞에 두고서 그런 관계를 유지한다는 것은 크게 걱정되는 일이었다.

"혹시 지난번에 유금도문에서 봤던 그 아이… 맞지?"

위지극은 슬쩍 사연화를 쳐다보고는 다시 고개를 끄덕였다.

그는 속으로 정말 잘도 기억하고 있네라고 생각했다.

하지만 위지극을 마음에 품고 있는 사연화로서는 당연했다.

"극아……."

금산청이 입을 떼자 위지극이 급히 먼저 말했다.

"알아요, 무슨 말씀을 하시려는지. 그러나 걱정하지 않으셔도 돼요."

“그래.”

금산청은 이야기를 거기서 끝냈다.

사랑을 하고 있는 사이인지는 모르지만, 사실 위지극과 그 여인과의 관계를 금산청이 이래라저래라 할 수 있는 입장도 아니었다.

다만 자신의 신분을 잊지 말라는 뜻에서 한 말이었다.

금산청은 대충 마무리가 된 듯하자 주위를 돌아보며 빙긋 웃었다.

“자, 그럼 어찌 됐든 그 이상한 녀석은 사라져 버렸으니 너무 신경들 쓰지 마라. 일단은 식사를 들고 오늘은 푹 쉬자고. 이봐, 한취는 괜찮고?”

그가 뒤를 돌아보자 이십이조 조장인 팽가휘가 괜찮다고 손을 흔들었다.

그러나 여전히 한취는 멍한 표정이었다.

“꼴좋다.”

금산청은 이십일조원들만 들을 수 있게 조그맣게 속삭이고는 식사를 시작했다.

반면 위지극은 혹시나 했던 우희명의 정체가 적존교도임이 분명해지자 마음이 편하지 않았다.

‘히유, 하필이면 왜 적존교야……’

지지리 운도 없다.

강호에 나와 처음으로 호감을 느낀 여자가 적이나 다름없었으니.

위지극은 갑자기 태평촌의 유 아저씨가 기르던 매, 유환이가 생각났다.

그리고 유환이와 그의 처라고도 할 수 있는 위연과의 사랑도 생각났다.

죽음으로도 갈라놓지 못했던 애절한 사랑.

강호에 나오기 전 바라던 게 무엇이었는가? 그런 사랑을 해보는 것 아니었는가?

'그래, 어쩌면 이게……'

이것이 말로만 듣고 글로만 읽던 사랑의 고난일지도 몰랐다.

세상에 쉬운 일은 없다. 무공도 죽임을 당하고 나서야 깨달았다.

사랑도 마찬가지일 것이다.

비록 지금은 그 정도 단계까지 우희명과의 관계가 발전하진 못했지만, 후일은 알 수 없었다.

그리 생각하자 갑자기 마음이 편안해졌다.

'갑자기 보고 싶네.'

머릿속에 우희명의 모습이 그려졌다.

마치 남자아이처럼 거침없이 웃어대던 그녀의 웃음소리가 들리는 듯했다.

위지극은 사색에 잠겼다.

그래서 깨닫지 못하고 있었다.

사연화뿐만이 아니라 혁조영까지 기묘한 눈빛으로 자신을
쳐다보고 있다는 사실을.

第二十七章
임씨세가(林氏世家)

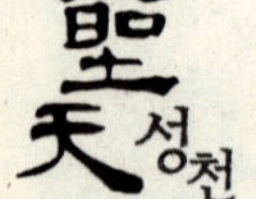

객잔에서 하루를 묵은 인청각원들은 다음날 정오가 되어
임씨세가에 도착했다.

위지극은 커다란 정문을 올려다보다 사연화에게 불쑥 말
했다.

"여긴 어째 너희 집보다 문이 더 큰 것 같다."

"사실 문뿐만이 아니라 규모도 임씨세가가 더 커."

사연화는 며칠 전의 일을 모두 잊었는지 밝은 표정으로 대
답했다.

"그래? 금창사가가 이곳보다 더 높은 평가를 받는다고 들
었는데?"

"바보. 규모만 가지고 평가한다면 개방이 전 무림에서 가장 강한 문파이게?"

문도 수가 십만에 이르는 개방이었다. 하지만 구파일방 중에서도 개방은 중간 정도로 평가되었다.

위지극은 잠시 생각하는 듯하다가 피식 웃었다.

"하긴, 그도 그렇네."

금산청이 정문의 위사에게 배첩을 내밀자 그는 잠시 기다리라 하고 안으로 들어갔다. 그리고 잠시 후, 커다란 덩치의 중년인이 나왔다.

"북무림회에서 오셨군요. 저는 임씨세가의 삼총관을 맡고 있는 광언성이라 합니다."

"일행을 책임지고 있는 금산청입니다."

"그럼, 저를 따라오시지요. 여러분을 모시라는 분부가 계셨습니다."

자신을 삼총관이라 소개한 그는 금산청 등의 의견도 듣지 않고 몸을 돌려 먼저 앞장섰다.

금산청이 뒤따라 걸으며 급히 물었다.

"혹시 다른 인청각원들은 도착했습니까?"

"예, 예. 그분들은 이미 그제와 어제에 나누어 도착해서 쉬고 계십니다."

"아, 예."

금산청은 광언성이 뒤도 돌아보지 않고 대답하자, 더 묻고 싶은 것이 있었으나 입을 다물었다.

그를 따라 걷기 시작한 지 어언 이각이 흘렀다.

커다란 연무장과 수십 개의 전각을 지났으나 아직도 갈 길이 남았는지 광언성은 멈추지 않고 걸었다.

잠시 후에는 널따란 밭이 나오기도 했다.

'이상한데……'

위지극은 고개를 갸웃거렸다.

보통 손님을 맞이하는 객청은 정문에서 그리 멀지 않은 곳에 있기 마련이다.

오랫동안 상주할 객이라 해도 마찬가지다.

간혹 중요한 손님이 올 때야 심처로 안내할 수 있다지만, 언뜻 보아서도 지금은 이미 세가의 중앙부를 지나 변두리로 가고 있는 듯했다.

위지극은 자신 혼자만의 오해인가 싶어 사연화를 바라봤다.

한데 사연화 역시 표정이 썩 좋지 않았다.

"되게 깊이 들어가는 것 같은데, 안 그래?"

위지극이 조용히 묻자 사연화가 고개를 끄덕였다.

"이러다 후문 같은 게 나오는 거 아냐?"

위지극이 장난스럽게 말하고는 고개를 돌렸다.

그런데……

정말 정문보다는 작지만 그래도 웬만한 대저택의 정문으로 쓰일 만한 대문이 저 멀리 보이는 게 아닌가?

“에?”

위지극은 자신도 모르게 기묘한 소릴 냈다.

“이곳입니다.”

광언성이 담벼락과 거의 딱 붙어 있는 하나의 모옥을 가리켰다.

작지는 않았으나 그렇다고 크다고도 할 수 없는 모옥.

“이… 곳인가요?”

금산청이 확인하듯 다시 물었다.

“맞습니다. 먼저 도착하신 분들은 안에서 쉬고 계실 겁니다.”

“저기, 혹시 저 문이 후문인가요?”

위지극이 손가락질을 하며 묻자, 광언성이 크게 웃었다.

“하하하, 맞습니다. 잘 알고 계시군요.”

“그럼 저 벽 너머는……?”

“저잣거리지요.”

위지극은 어리둥절한 표정을 지었으나, 소유아와 위도곡은 불만인지 얼굴을 잔뜩 찌푸렸다.

“아니, 지금 우릴 뭐로 보고 이런 대접을 하는 거요!”

결국 참다 못한 한취가 버럭 소리쳤다.

이번만큼은 이십일조원들도 한취가 고마웠다.

자신들이 하고 싶었으나 차마 입 밖에 낼 수 없었던 말을 대신 해줬기 때문이다.

자신들은 임씨세가의 위기를 도와주러 온 사람들이다.

목숨이 달아날 수도 있는 위험한 일임에도 마다않고 나선 이들이다.

당연히 최고의 대접은 아닐지라도 그에 합당한 대우를 받아야 하건만, 지금 보고 있는 모옥은 얼핏 보기에도 하인들이나 묵을 듯 허름하기 짝이 없었다.

게다가 위치 또한 변두리. 적이 정문으로 들어온다 가정했을 때 이곳에서 정문까지는 가는 시간만 해도 한세월이 걸릴 터였다.

한데 삼총관의 대답은 전혀 뜻밖의 것이었다.

"왜들 그러십니까? 어찌 보면 이곳이 세가에서 제일 안전한 곳입니다."

"뭐요? 안전한 곳? 우리가 여기에 놀러 온 줄 아시오!"

"그… 저희는 여러분을 생각해서……."

"하! 생각이라? 그 말씀은 결국 이곳에 있다가 뒤꽁무니를 빼라는 말씀이시구려?"

"딱히 그런 뜻은 아니지만."

"그런 뜻이 아니면 뭐요? 담 하나만 넘으면 저잣거리이니 안전한 곳이다, 이 뜻 아니오?"

삼총관은 득달같이 달려드는 한취의 기세에 주눅이 들었는지 쩔쩔매며 어쩔 줄을 몰라 했다.

"총관님."

금산청이 착 가라앉은 음성으로 입을 열었다.

"네?"

"아무래도 뭔가 착오가 있었던 듯하니 가주님이나 윗분을 뵙고 싶습니다. 괜찮겠습니까?"

"저… 그… 그건……."

"부탁드리겠습니다."

금산청이 고개를 숙이자, 그는 난처한 표정을 짓더니 결국 수락했다.

"알겠습니다. 말씀드리도록 하지요. 그동안은 이곳에서 쉬시기 바랍니다."

"감사합니다."

삼총관이 돌아간 후, 모옥 안에 들어선 금산청은 실망을 금치 못했다.

'이거야 원.'

이는 다른 이들 역시 마찬가지였다.

방 안에 들어서자마자 소유아가 소리를 빽! 질렀다.

"뭐야! 이거, 몇 명이 함께 자야 하는 거야?"

"조금 심한데요……."

조용하기만 하던 혁조영도 한마디 했다.

모옥 안에 마련된 방은 모두 일곱에 불과했다.

방 하나하나가 작지는 않았으나 인청각 다섯 개 조가 온 것을 감안한다면 한 개 조당 하나씩밖에 쓰지 못하는 것이었다.

그나마 시설이라도 좋았으면 다행인데 방 하나당 침상도 두 개밖에 없었다.

결국 두어 명이 한 침상에서 자야 한다는 뜻이었다.

"난 그냥 돌아갈래."

"조금만 참아봐라. 이제 곧 연락이 올 거야."

금산청이 소유아를 달랬으나, 그녀는 미심쩍은 눈초리를 보냈다.

"과연 그럴까요? 처음부터 우릴 무시하기로 단단히 작정한 것 같은데."

"설마 그럴 리야 있겠어?"

금산청은 아니란 듯이 말했지만 사실 그 스스로도 소유아와 비슷한 생각을 하고 있었다.

불행히도 그의 짐작은 들어맞았다.

연락을 주겠다 하고 사라진 지 반나절이 다 되도록 삼총관은 돌아오지 않았다.

저녁이 되자 시비 몇이 음식을 가져왔고, 금산청이 삼총관의 소식을 물었지만 그녀들은 모른다는 말뿐, 자신들이 할 일이 끝나자 부리나케 나가 버렸다.

"아무래도 임씨세가에서는 우리를 달가워하지 않는 듯하네요."

"그런 것 같구나."

사연화의 말에 금산청이 동감을 표시했다.

"왜죠? 도우러 왔을 뿐인데."

위지극이 영문을 몰라 물었다.

"으음, 사정이야 정확히 모르지만 대충 짐작 가는 바는 있다."

위지극은 금산청의 다음 말을 기다렸으나, 금산청은 그 이후로 입을 다물어 버렸다.

'위세를 드러내고 싶은 마음이야 이해가지 않는 바가 아니지만, 자칫 멸문의 길을 걸을 수도 있건만……'

금산청은 깊은 수심에 잠겼다.

*   *   *

자그마한 초옥의 앞마당.

사방 넉 자가량의 평상 위에서 한 노인이 꾸벅꾸벅 졸고 있었다.

스스슷.

머리카락만을 가볍게 휘날리는 가벼운 미풍이 지나가자, 노인 옆에는 어느새 나타났는지 청의중년인이 서 있었다.

그는 입을 한차례 벙긋거리다가 흠칫 놀라더니, 갑자기 모습을 감췄다.

그리고는 초옥을 감싸고 있는 담 너머에서 다시 나타나더니 가벼운 헛기침 소릴 내며 사립문을 들어섰다.

그는 터벅터벅 걸어와 재차 노인 옆에 서더니 조그맣게 입
을 열었다.

"촌장님?"

노인은 눈을 뜨지 않은 채 천천히 중얼거렸다.

"너, 죽다 살아난 줄 알아."

"아… 하하하."

청의중년인이 쑥스러운 웃음소릴 냈다.

일전에 촌장은 청의중년인에게 한 번만 더 귀신처럼 나타
나면 경을 치겠다는 말을 했었다.

용케도 위험한 순간에 그 사실을 기억해 낸 게 청의중년인
으로서는 얼마나 다행인지 몰랐다.

"농담도 잘하십니다. 하하하."

"농담 아니야."

"……."

촌장의 딱 부러지는 말에 청의중년인은 찔끔하더니 입맛
을 다셨다.

"왜 왔어?"

"촌장님의 뜻을 잘 전달하고 왔답니다."

그제야 촌장은 눈을 떴다.

"그래? 수고했다 전해줘."

"궁금한 게 있어서 그런데 말입니다."

"뭐가 또?"

“저기… 왜 그러셨습니까?”

“너!”

촌장이 눈을 부릅 치켜뜨며 고함쳤다.

“훔쳐봤냐?”

“훔쳐본 건 아니지만 보긴 봤죠.”

“하! 이놈 봐라? 이젠 아주 남의 편지까지 뜯어보네?”

“제가 언제 뜯어봤습니까? 처음부터 밀봉되어 있지도 않았는데.”

“어디서 꼬박꼬박 말대꾸야!”

청의중년인은 억울했다.

촌장이 편지랍시고 준 것은 훤히 펼쳐져 있는 종이 쪼가리였다.

안 보려고 해도 볼 수밖에 없는 상태였던 것이다.

중년인은 하도 억울한 나머지 자신도 모르게 이마에 핏줄기가 불뚝 솟았다.

“어? 너 뭐야? 그 머리에… 지금 나랑 한판 해보겠다는 거야?”

그러자 중년인의 이마에 돋아났던 핏줄기가 순식간에 사라졌다.

“제 머리에 뭐가요?”

“아주 재주를 부려라, 재주를.”

그렇게 둘이 티격태격하고 있을 때였다.

초옥 안에서 서른대여섯쯤 되어 보이는 여인이 고개를 내밀었다.

그녀는 비록 시골 아낙 같은 차림이었지만, 풍기는 분위기만은 대갓집 여인 못지않았다.

"위선 어르신, 오셨어요?"

"오, 그래. 자네, 잘 있었나?"

"저야 항상 그렇지요."

이에 촌장이 인상을 구기며 툴툴댔다.

"어르신은 무슨. 치사한 도둑놈이구만."

여인은 빙그레 웃고는 위선에게 물었다.

"주안상 봐드릴까요?"

"그래 주면야 나는 고맙지."

"잠시만 기다리세요."

여인은 초옥 안으로 들어간 지 촌각도 지나지 않아 술과 안주를 가지고 나왔다.

평상 위에 놓인 상을 바라보던 촌장이 슬그머니 물었다.

"아가야, 그런데 왜 술잔이 하나밖에 없느냐?"

"그야, 위선 어르신 드시라고 내온 거니까요."

"나도 좀……."

"아버님은 안 돼요."

여인은 딱 잘라 말했다.

촌장이 불쌍한 표정을 지었으나, 여인은 단호했다.

“에라이, 치사해서 안 먹는다.”

촌장이 획하니 돌아앉자 두 사람은 조용히 미소 지었다.

“촌장님, 아까 제가 드린 질문에 대한 대답을 아직 못 들었는데… 어쩌실 생각이십니까?”

“뭘?”

“혹시 극이를 후인으로…….”

위선은 옆에 있는 여인의 눈치를 보며 말끝을 흐렸다.

그 말에 촌장은 잠시 생각하는 눈치더니 여인을 바라봤다.

“네 생각은 어떠냐?”

“저야 아버님의 뜻에 따라야지요.”

“나의 뜻을 따르겠는가를 묻는 게 아니다. 네 생각을 묻는 것이지.”

촌장은 진지하게 다시 물었다.

하나 여인은 크게 생각할 필요 없다는 듯이 방긋 웃으며 대답했다.

“제 걱정은 하지 않으셔도 되요.”

촌장은 여인의 눈을 지그시 바라봤다.

그녀의 감정이 전해져 왔다.

‘그래. 그럴 때도 되었지.’

“생각나진 않느냐?”

“가끔은요. 그래도 용서하진 않았어요. 앞으로도 영원히 그럴 거구요.”

촌장은 크게 고개를 끄덕였다.

"잘했다. 그래야 내 며늘아기라 할 수 있지."

위선은 그제야 촌장의 생각을 확실히 알 수 있었다.

'역시 처음부터……'

촌장은 내색하지 않았지만 항시 기회를 엿보고 있었을 것이다. 그리고 마침내 그 기회가 찾아왔고, 위지극을 통해 뜻을 이루려 하는 것이었다.

'극아, 어린 너에게 큰 짐을 지우게 됐구나.'

하지만 크게 염려하진 않았다.

촌장은 항상 완벽했다, 단 한 번의 실수를 제외하고는.

그런 촌장이 계획을 세운 것이니 결국 이루어지리라.

＊　　　＊　　　＊

"휴, 이제 좀 낫네."

위지극이 길게 기지개를 켰다.

모옥 안에만 있던 게 지겨워진 그는 밖으로 나왔다.

하지만 혼자 나오는 것은 왠지 내키지 않아 사연화에게 동행을 부탁했다.

그녀는 육대세가의 일원이기도 하니 만에 하나 일이 생겨도 충분히 해결해 줄 능력이 있다 판단해서다.

하나 이는 어디까지나 위지극의 생각이었고, 사연화는 달랐다.

위지극이 자신만을 데리고 나가자 내심 기대에 찼으며, 달콤한 기분까지 들었다.

타박타박.

조용히 두 사람의 발걸음 소리가 울려 퍼졌다.

비록 밤중이긴 했으나 곳곳엔 등불이 밝혀져 있어 산책을 하는 데에는 지장이 없었다.

"오랜만이네, 둘이 걸어본 지."

"응."

사연화가 다소곳하게 대답했다.

그러면서도 혹시나 얼굴이 붉어졌을까 싶어 급히 고개를 숙였다.

"저기 지난번에 그 여자애, 이름이 뭐야?"

"응?"

"적존교에 있다는 그 아이."

"아, 우희명."

"예쁜 이름이네?"

"나도 그렇게 생각해."

위지극은 대수롭지 않게 대답했다.

하지만 사연화는 그 순간 아미가 조금 찌푸려졌다.

사연화도 유금도문에서 우희명을 보았다.

여자인 자신이 봐도 반할 정도의 미색이었다.

그러니 남자인 위지극이야 어떻겠는가? 굳이 물어보지 않아도 알 수 있는 내용이었다.

하지만 그녀는 괜히 확인하고 싶어졌다.

"어떤… 애야?"

"글쎄, 뭐랄까. 다른 건 몰라도 확실히 마인은 아니야. 지난번엔 위험에 빠진 어린애도 구해줬는걸."

"그리고?"

"그리고… 음, 무공이 뛰어나지. 특히 경공이 굉장히 뛰어나. 나를 안고도……."

위지극은 아차 싶어 급히 입을 다물었다.

여인의 품에 안긴 게 뭐 자랑이라고 사연화 앞에서 떠든단 말인가?

하지만 그 순간 사연화의 눈빛이 번쩍였다.

"아… 안고… 뭐?"

"아… 아무것도 아니야."

위지극이 당황해 변명했지만 사연화는 빤히 위지극을 쳐다보고 있었다.

아랫입술도 살짝 깨문 것이, 가까스로 성질을 억누르고 있는 듯이 보였다.

바로 그때 위지극의 귀에 사람 소리가 들려왔다.

"쉿! 누가 있나 보다."

위지극은 사연화의 손을 잡고 담벼락에 붙었다.

그는 왜 다른 사람이 있다는 사실에 숨었는지 자신도 알지 못했다. 다만 그래야 할 것만 같았다.

사연화는 위지극의 손을 뿌리치지 못했다.

그의 손을 잡게 되자 조금 전의 상심이 어느새 사라져 버렸다.

그녀는 눈을 가늘게 뜨고 한쪽을 쳐다봤다.

한 쌍의 남녀가 눈에 들어왔다.

"왜 여기까지 불러내고 그래요?"

여인은 토라진 음성이었다.

"임 소저, 정말 몰라서 그러시오? 오늘은 확답을 해주셨으면 좋겠소."

"도대체 뭘요?"

"우리의 장래 말이오. 지난번의 추억을 되새겨 보시오. 이젠 때가 되지 않았소?"

여인은 지난번의 추억이란 말에 얼굴을 붉히더니 급히 사내의 입을 막았다.

"무슨 소릴 하려고 그래요? 누가 들으면 어쩌려고."

하나 사내는 그녀의 손을 잡아채고는 계속 말했다.

"그러니 확실한 약조를 해주시오. 내가 아무리 성인군자라 해도 언제까지 참고만 있긴 힘든 노릇이오."

여인은 처음엔 사내를 탐탁지 않게 여겼었다.

하지만 하루도 그치지 않고 끈질긴 구애가 계속되자 차차 마음을 열게 되었고, 꽤 많은 발전이 있던 터였다.

"아… 알았어요. 이번 적존교와의 일만 끝나면 아버님께 말씀드려 볼게요."

"그게 정말이오?"

사내의 얼굴이 활짝 펴졌다.

"그래요."

"하하하! 고맙소, 고마워. 사부님께서도 매우 기뻐하실 것이오. 이렇게 백화검문과 임씨세가가 사돈을 맺게 됐으니 말이오."

"목소리 좀 줄이세요."

"하하, 남들이 들으면 어떻소? 경사스러운 일인데. 그보다 적존교와의 싸움에 우리 백화검문도 나서겠소. 아마 큰 힘이 될 것이오."

"그건 아버님의 결정에 달려 있죠."

"내 직접 미래의 장인어른을 뵙고 말씀드리겠소. 이젠 한 식구나 다름없지 않소."

사내는 승낙을 얻어낸 것이 그리도 기쁜지 만면에 웃음을 띠고 있었다.

"도옥이잖아?"

사연화가 조그맣게 중얼거렸다.

"그만 가자, 극아. 우리가 엿들을 이야기는 아닌 것 같아."

사랑의 밀어를 엿듣는 게 썩 기분 내키는 일은 아니었다.

그녀는 위지극의 손을 잡아끌었다.

하나 웬일인지 위지극은 꿈쩍도 하지 않았다.

시선도 두 사람에게 고정된 채 움직일 줄을 몰랐다.

"극아?"

위지극이 이상해 보이자 사연화가 조심스럽게 다시 불렀다.

하나 위지극은 대꾸가 없었고, 한참 만에야 나지막한 음성으로 입을 열었다.

"저 여자 이름이 도옥이야?"

"응."

"잘 아는 사람이야?"

"알긴 하지. 별로 마주치고 싶진 않지만."

"그럼 저기 함께 있는 남자의 이름은 백화검문의 화자개겠군?"

"화자개? 저 사람이?"

사연화는 직접 보진 못했지만 화자개란 이름은 들어보았다.

백화검문의 이제자.

최근 들어 이 일대에서 뛰어난 검술로 명성을 얻고 있는 신진 고수 중 한 사람이었다.

"화자개라면 백화검문에서도 꽤 뛰어난 축에 드는 고수인데… 왜? 아는 사람이야?"

위지극은 천천히 고개를 끄덕였다.

"그럼, 아주 잘 알지."

그의 음성은 마치 범이 으르렁대는 소리와 같았다.

어찌 모를 수 있겠는가?

아니, 어찌 잊을 수 있겠는가?

자신을 속여 막정산채에 팔아넘긴 두 사람인데.

위지극은 지그시 자신의 가슴을 매만졌다.

비록 상처는 남아 있지 않지만, 악호의 도에 찔려 심장이 갈라졌었다.

그 아픔은 절대 잊지 못할 것이었다.

'드디어 만났구나!'

위지극의 입가에 묘한 미소가 걸렸다.

"어? 어디 가?"

위지극은 사연화의 부름에도 아랑곳하지 않고 두 사람을 향해 성큼성큼 걸어갔다.

화자개는 한참을 웃어젖히다가 임도옥의 시선이 자신의 뒤로 향한 것을 보고 고개를 돌렸다.

"누군가 다가오는데요?"

임도옥의 말에 화자개는 눈을 더욱 가늘게 떴다.

어둠 속에서 사람의 윤곽이 언뜻 보였다. 하지만 얼굴까지 알아보기에는 무리였다.

잠시 후 사람의 형상이 점점 진해졌고, 드디어 등불에 얼굴이 드러났다.

"어?"

순간 옆에 있던 임도옥이 외마디 소릴 질렀다.

"누군지 아시겠소? 헛!"

화자개는 급히 임도옥을 돌아보다가 온몸에 소름이 쫙 끼쳤다.

그녀의 얼굴빛.

핏기 하나 없는 것이 시체의 그것과 다름없었기 때문이다.

"왜… 왜 그러시오?"

그녀는 입을 벙긋거리며 손가락질을 했다.

"저… 저……."

그녀는 마치 귀신을 본 것 같은 표정이었다.

화자개는 번개처럼 고개를 돌렸다.

어느새 그 앞에는 한 소년이 서 있었다.

'어디선가 봤는데…….'

분명 낯이 익다.

한데 기억이 나지 않았다.

하지만 소년은 자신을 아는지 미소 띤 얼굴로 빤히 쳐다보다가 입을 열었다.

"다시 만났네?"

화자개는 고개를 갸웃거리다 임도옥을 돌아봤다.

"임 소저, 이 친구 누군지 아시겠소? 아무래도 임씨세가 사람 같은데……."

그때 믿을 수 없는 말이 들려왔다.

"돌대가리."

"뭐… 뭣?"

"너 돌대가리라고. 아니, 거기다 귀머거리까지 더해야 하나?"

위지극의 말에 화자개의 안색이 시뻘겋게 달아올랐다.

어디서 그가 이런 모욕을 당해봤겠는가?

"이런 미친 새끼가!"

쉬익!

거친 욕설과 함께 그의 왼 주먹이 위지극의 얼굴을 향해 날아갔다.

하지만,

뻐억! 우드득!

"카악!"

뒤이어 터져 나온 처절한 비명 소리는 화자개가 내지른 것이었다.

"으으……."

그의 팔은 어느새 흉하게 꺾여 있었다.

'뭐… 뭐가…….'

상대가 무엇을 했는지 보지도 못했다.

주먹이 막 상대의 얼굴에 도달할 때쯤 무언가에 부딪쳤고,
뒤이어 손목을 강타당했다.

화자개는 정신이 없었다.

그 짧은 순간에 비 오듯 흘러내린 땀은 장삼을 가득 적시고
있었다.

"아파?"

위지극이 담담한 음성으로 물었다.

"뭐?"

"아프냐고?"

"이 새끼가!"

그는 검을 뽑으려 했다. 그러나,

파앙!

"크아악!"

검파에 손이 닿기도 전에 위지극의 일장을 가슴에 맞고 허
공을 날았다.

"쿨럭쿨럭!"

그는 한바탕 땅바닥을 뒹굴고선 기침을 하며 겨우 일어섰다.

"이젠 기억나?"

어느새 그에게 다가간 위지극이 또다시 물었다.

화자개의 눈에서는 불똥이 튀었다.

꼴사납게 땅에 처박히긴 했지만 내상을 입은 건 아니었다.

내상을 당했다 해도 치미는 화로 인해 느끼지도 못했을 것

이다.

그때 임도옥의 목소리가 들려왔다.

"너… 넌 분명 그때 막정산채에……."

그 목소리를 듣는 순간 화자개의 머릿속에 무언가가 번뜩 떠올랐다.

'막정산채?'

그는 위지극을 자세히 쳐다봤다.

세상에 다시없을 것만 같은 미소년이다.

그러자 불현듯 기억이 났다.

이령산에서 만났던 멍청한 놈.

끝까지 자기가 산채에 팔려가는 줄도 모르던 그 녀석. 하지만…….

"분명 죽었다고 들었는데……?"

위지극의 미간이 꿈틀댔다.

"들었다고?"

화자개는 대답하지 않았다.

하나 위지극은 그가 누구에게 들었는지 짐작할 수 있었다.

"그랬군. 막정산채. 경고했는데도 아직까지 해산을 안 하고 있었어."

위지극은 고개를 끄덕이다가 화자개를 쳐다보며 빙긋 웃었다.

"네가 들은 말은 사실이야. 난 그때 죽었어."

“……?”

갑자기 위지극의 전신에서 음산한 기운이 스멀거리며 풍겨 나오기 시작했다.

“그런데 차마 그냥은 못 죽겠더라고. 너랑 저 아가씨를 잡아 죽이기 전에는.”

위지극은 미소를 지우지 않은 채 천천히 검파를 잡아갔다.

그 모습을 보는 순간 화자개는 등골에 소름이 끼쳤다.

자신도 검을 뽑아야만 하는데 왠지 모를 두려움이 전신을 옭아매고 있었다.

“극아!”

뒤늦게 사연화가 달려왔다.

그녀는 쉽사리 모습을 드러내지 못하고 상황을 지켜보고 있었는데 화자개가 위지극에게 당해 나동그라지자 분위기가 심상치 않음을 느낀 것이다.

“연화?”

임도옥이 사연화를 알아봤다.

“오랜만이네.”

사연화는 임도옥에게 가벼운 눈인사만을 하고는 위지극의 팔을 붙잡았다.

“무슨 일인데 그래?”

걱정이 잔뜩 묻어나는 사연화의 물음에도 위지극은 그녀에게 시선조차 주지 않았다.

"나중에 말해줄게. 저 둘을 죽이고 나서."

위지극은 생각하면 할수록 화가 치밀었다.

하나를 보면 열을 안다고 했다.

생판 처음 본 자신에게 한 짓을 돌이켜볼 때 저들은 이미 이전에도 파렴치한 짓을 저질러 왔을 게 분명했다.

한편 사연화는 지금 말을 한 사람이 위지극이란 사실이 믿기지 않았다. 지금까지 위지극이 이렇게 거친 말을 내뱉은 적은 한 번도 없었기 때문이다.

도대체 무슨 연원이 있기에.

그러나 일단은 말리고 봐야만 했다.

"안 돼."

"왜?"

"여긴 임씨세가고 도옥이는 가주의……."

"건방진 놈!"

사연화의 말을 자르고 임도옥이 소리쳤다.

그녀는 위지극의 무서운 시선을 받으면서도 얼굴빛 하나 변하지 않았다.

처음 위지극을 봤을 때는 죽었다 알고 있었기에 무척이나 당황했으나 시간이 흐르자 안정을 되찾았다.

소문은 왕왕 잘못 전해지기도 한다.

혹은 막정산채에서 착각을 했을 수도 있었다.

게다가 화자개가 힘도 제대로 못 쓰고 당했지만, 어디까지나 이는 화자개가 방심했기에 일어날 수 있는 일이었다.

고수라 해도 실수는 있는 법이니까.

"나와 이 사람이 누군지나 알고 이러는 거냐?"

위지극은 실소가 나왔다.

"네가 누군데?"

"난 임씨세가의 적통을 따르는 차녀고, 이분은 백화검문의 이제자다."

"그래서?"

"그래서라니?"

"그럼 나는 누군지 알아?"

임도옥은 느닷없는 질문에 잠시 당황했으나 이내 콧방귀를 뀌며 대답했다.

"흥, 기껏 사연화의 하인이겠지."

"오호, 그러니까 네 말은 너희 두 사람은 지체가 높으시니 나를 마음대로 해도 된다? 잘못을 해도 그냥 넘어가도 된다, 이 뜻인가?"

임도옥은 당연하다는 듯이 고개를 끄덕였다.

"하인 한둘 죽이는 게 무슨 대수라고."

사연화는 임도옥의 말을 듣고 있자니 어이가 없었다.

"임도옥, 뭔가 오해하고 있나 본데……."

임도옥이 날카로운 눈으로 사연화를 노려봤다.

"오해?"

"극이는 하인이 아니라 나와 같은 인청각원이야."

"……?"

그 말에 임도옥의 눈빛이 잠시 흔들렸다.

사연화가 확인이라도 해주듯 주억거리자 갑자기 무언인가를 깨닫고는 고개를 급작스레 돌렸다.

그녀의 눈에 위지극의 검이 들어왔다.

자줏빛 검집의 청강검!

"벽자검?"

임도옥의 몸이 한차례 부르르 떨렸다.

벽자검을 지녔다는 것은 이미 후기지수로서 인정받았다는 뜻이었다.

"말도 안 돼! 어떻게 이 멍청한 놈이……."

"극이는 멍청하지 않아."

사연화가 끼어들자 그녀는 버럭 소릴 질렀다.

"네가 뭘 알아! 이놈은 지난번에 나에게 속아……."

"그만."

위지극이 한 발 다가서며 임도옥의 말을 잘랐다.

그러자 사연화가 하던 말을 계속했다.

"정말이야. 우리는 적존교에 맞서기 위해 온 거야. 인청각에서 도우러 올 거란 말도 듣지 못했어?"

"그러면 너희들이?"

"그래. 그게 아니라면 내가 여기 있을 이유가 없잖아."

들고 보니 그 말이 맞는 듯했다.

딱히 주어진 임무가 아니라면 임씨세가를 그다지 좋아하지 않는 사연화가 이곳까지 올 리 없었다.

'그럼 정말 이 자식이 인청각원이란 말이야?'

도저히 믿을 수 없었다.

산적들의 하인 노릇을 한 게 불과 얼마 전이었다.

고수는커녕 일초반식의 무공조차 펼칠 줄 모르던 놈이었다.

어떻게 그 짧은 시간 만에 인청각원이 될 정도로 고수가 된단 말인가?

"연화야."

위지극이 입을 열었다.

"입 아프게 자세히 설명할 필요 없어. 난 그냥 이들에게 진 빚만 갚으면 돼."

"빚이라니?"

"나중에 말해줄게."

바로 그때였다.

"죽어라, 이 자식아!"

느닷없이 고함을 지른 임도옥이 위지극의 심장을 노리고 검을 내질렀다.

쐐애엑.

달빛을 받아 더욱 서늘해 보이는 검날이 허공을 헤쳤다.

과연 홍의나찰로 불리는 임도옥다운 무섭고도 빠른 일초

였다.

"극아!"

사연화가 깜짝 놀라 소리치는 순간 위지극의 좌수가 앞으로 스윽 내밀어지더니 검날을 그대로 잡아버렸다.

콰직.

"엇?"

갑자기 검이 멈추는 바람에 찔러 나가던 기세를 못 이긴 임도옥이 앞으로 쏠렸다. 그 순간,

짜짝!

눈앞에서 별똥이 튀었다.

위지극이 비어 있는 우수로 따귀를 사정없이 때린 것이다.

임도옥은 마치 꿈을 꾸고 있는 기분이었다.

난생처음 맞아본 따귀였다.

남을 때려본 적은 많았지만, 이렇게 아픈 줄은 몰랐다.

순식간에 그녀의 뺨이 홍시처럼 벌겋게 달아올랐다.

"이……."

그녀는 아픔보다도 분한 마음에 말이 나오지 않았다.

"왜? 할 말이라도 있나?"

임도옥은 대답보다 있는 힘을 다해 위지극에게 잡혀 있는 검을 뽑아내려 했다.

하나 마치 위지극의 손에 착 달라붙어 버린 듯 꿈쩍도 하지 않았다.

‘이 괴물 같은 자식이!’

임도옥은 기가 찼다.

어찌 된 무공을 익혔기에 검을 맨손으로 잡아챘단 말인가?

위지극은 한동안 임도옥이 하는 꼴을 지켜보다가 갑자기 손을 휘저었다.

그에 따라 검이 맥없이 또아리를 틀며 구부러졌고, 끝내는 임도옥의 손을 벗어나 허공으로 솟구쳤다.

퍽! 치르르릉.

높다란 이층 처마에 날아가 꽂힌 검이 미묘한 음향을 내며 떨었다.

“더 할 말은 없어?”

“……!”

위지극의 물음에도 임도옥은 멍하니 처마에 박힌 검만 바라보고 있었다.

“없으면 죽어!”

“안 돼!”

검파를 잡아가는 위지극을 보고 사연화가 놀라 소리쳤다. 그때,

“웬 놈들이냐!”

커다란 고함 소리와 함께 일단의 무리가 달려왔다.

갈의 무복을 입은 임씨세가의 가내 호위무인들이었다.

가까이 다가온 그들 중 한 명이 얼굴이 부은 채 멍하니 서

있는 임도옥을 알아보고는 소리쳤다.

"아가씨!"

그는 급히 임도옥을 부축했다.

"아가씨, 괜찮으십니까?"

"어… 어?"

임도옥은 정신이 드는지 몇 번 눈을 깜빡이다가 버럭 소릴
질렀다.

"저놈을 죽여!"

"네?"

"저놈을 죽이라니까 뭣들 하는 거야!"

그녀는 고래고래 소리치기 시작했다.

"어서 죽이시오!"

옆에 있던 화자개도 끼어들었다.

위지극의 무위를 지켜본 그는 차마 직접 나서지 못하고 무
인들을 종용했다.

채채챙!

호위무인들은 일제히 검을 뽑아 들었다.

자신들의 주인이랄 수 있는 여인의 명령이었으니 일단은
따라야만 했다.

"잠깐만 기다리세요."

사연화가 위지극과 무인들의 사이를 가로막고 나섰다.

"우린 인청각에 속해 있어요."

"……!"

그녀의 한마디에 그들은 서로의 얼굴을 바라봤다.

그들은 인청각원들이 세가 내에 머물러 있다는 사실을 알고 있었다.

하지만 이들이 과연 인청각원인지는 확신하지 못했다.

"사실입니까?"

호위무인 중 한 명이 임도옥을 돌아보며 물었다.

"인청각이고 뭐고 상관없으니 죽이란 말이야!"

"……."

그 말에 호위무인들의 얼굴에 난처한 기색이 떠올랐다.

그녀의 말은 상대가 인청각원이라 시인하는 것과 다름없었다.

"하지만 아가씨, 인청각원이라면 저희가 함부로……."

"내 명을 듣지 않겠다는 것이냐?"

그는 수하들까지 뜻에 따르지 않자 미쳐 버릴 것만 같았다.

당장 쳐 죽이고 싶은데 그러질 못하니 머리가 터질 듯 아파왔다.

"이… 이놈들이……."

결국 비틀거리던 임도옥은 울분을 이기지 못하고 혼절하고 말았다.

"앗, 소저!"

화자개가 급히 부축하여 다행히 땅에 처박히는 꼴은 면했다.

“이러고도 네가 무사할 듯싶으냐?”

“똑같은 말 계속하게 만드네. 그래서 어쩔 건데?”

“백화검문을 우습게본 죗값을 톡톡히 치러야 할 것이다.”

“이봐, 왜 너희 문파를 끌어들이고 그래? 네가 한 일이니 네가 책임져야지.”

“흥! 내가 처음에 기습만 당하지 않았어도 나 혼자 처리할 수 있었다. 비겁한 새끼.”

위지극은 헛웃음이 나왔다.

기습을 한 건 지금 말하고 있는 그 자신 아니었나?

“어찌 됐든 백화검문이 아니더라도 오늘 일을 가주께서 알게 되신다면 네놈 목숨도 끝이다.”

위지극은 화자개의 헛소리를 듣기 싫은지 고개를 내저으며 그에게 다가섰다.

“극아.”

사연화가 다시 불렀다.

“말리지 마.”

“무슨 일이 있었는진 모르지만, 오늘은 이만하자. 응? 저들이 잘못한 게 있다면 후에 따지도록 하고. 지금 우린 객으로 와 있으니 너무 일을 키우면 곤란해할 사람들이 있잖아.”

그제야 위지극이 걸음을 멈췄다.

사연화의 말이 맞았다.

이들을 죽이는 것이야 어렵지 않았지만, 그 후에 다른 조원들에게 피해가 올 수 있었다.

또한 이들의 죄는 자신만이 알고 있으니 아무리 말해봐야 상대가 믿지 않으면 그만이었다.

"이것이 끝이라 생각하지 마. 그리고 백화검문이라고 했지? 어디 한번 마음대로 해봐. 임씨세가든 백화검문이든 내게 칼을 들이대면 그만한 대가를 치러야 할 테니까."

그 말을 끝으로 위지극은 신형을 돌려세우더니 왔던 길로 사라져 버렸다.

"이… 미친 새끼가……."

화자개는 너무나 어이가 없어 말조차 더듬었다.

그가 방금 뭐라 했는가?

감히 자신의 사문인 백화검문을 안중에도 없다는 듯 말하지 않았나?

아니, 백화검문뿐만이 아니라 분명 강호육대세가 중 하나인 임씨세가마저 무시했다.

어떻게 일개 인청각원의 입에서 저런 광오한 말이 나올 수 있는 것인가?

미치고 환장할 노릇이었다.

"네놈이야말로 죽을 준비하고 있어라!"

화자개의 악에 받친 고함 소리가 밤하늘을 갈랐다.

第二十八章
사대봉공(四大奉公)

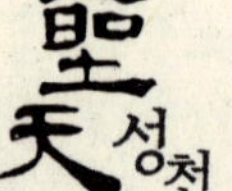

햇볕이 쨍쨍한 정오.

화화확.

세찬 바람 소리가 연신 발해지며 낙엽이 사방으로 튀어나
갔다.

이는 육문산을 오르고 있는 우희명 때문이었다.

그녀의 신법은 원래 가볍고도 부드러우나 오늘만큼은 마
음이 급해서인지 조금 거친 면이 있었다.

'오늘은 절대 늦지 말아야 돼.'

우희명은 아랫입술을 깨물었다.

그녀가 이렇듯 시간을 맞추기 위해 애를 쓰는 것은 사대봉

공을 만나기 위함이었다.

예상했던 대로 우희명은 흑령이 다녀간 다음날 금족령이 풀렸다.

그녀는 그 즉시 사대봉공을 찾아 그들의 거처인 마령곡으로 향했다.

마령곡은 비록 곡이라 이름이 붙여졌기는 하나 육문산의 정상에 가까웠다.

우희명은 느긋하게 올랐다.

예전에도 몇 번인가 가본 적이 있기에 별걱정하지 않았다.

그랬는데 예기치 못한 문제가 생겼다.

이전과는 달리 마령곡으로의 접근을 가로막는 진이 생긴 것이다.

그녀는 되돌아가 아버지에게 물었고, 확인한바 새로이 생긴 진은 사대봉공이 직접 설치한 것이라 했다.

이유는 단 한 가지, 방해받기 싫다는 것이었다.

그렇지만 그들을 만날 수 있는 방도가 아예 없지는 않았다.

진은 정오에 한 번 열리는데 그때를 맞추어 일각 동안만 사람을 만난다 했다.

하나 이 역시 쉽지만은 않았다.

진이 펼쳐져 있는 곳과 그들이 있는 마령곡 사이의 거리가 꽤나 멀기 때문이었다.

우희명은 벌써 세 번이나 실패했다.

첫 번째는 이 사실을 모르고 여유있게 오르다 만나지 못했고, 두 번째와 세 번째는 있는 힘을 다해 신법을 펼쳤어도 제때 도착하지 못했다.

오늘이 네 번째.

더 이상 실패하지 않으리라 단단히 마음먹은 우희명은 일시지간 내공을 상승시켜 주는 기혼단(氣混團)까지 복용하고 출발했다.

'이제 거의 다 왔어!'

그녀는 숨이 턱까지 차올랐다.

이렇게 전력으로 달려본 적이 언제였던가?

'이게 다 너 때문이야, 위지극!'

일각이 거의 다 되어갈 때쯤 드디어 눈앞에 마령곡이 펼쳐졌다.

제법 평평한 분지를 사이에 두고 양쪽으로 돌벽이 둘러서 있고, 돌벽 아래에는 네 개의 모옥이 띄엄띄엄 늘어서 있었다.

각기 크지는 않았으나 한 사람이 살기에는 적당해 보이는 모옥, 바로 사대봉공의 거처였다.

우희명은 드디어 제때에 도착했다는 기쁨에 숨이 차는 것도 잊고 크게 고함쳤다.

"아무도 없어요?"

하지만 아무런 대답이 없었다.

잠시 기다리던 우희명은 다시 소리쳤다.

“아무도 없냐구요!”

“여기 있다, 계집아.”

한쪽에서 늙수그레한 음성이 들려왔다.

‘계집이라고?’

발끈하려던 우희명은 애써 진정하고는 모옥을 지나쳐 벽 모퉁이를 돌았다.

그러자 바둑을 두고 있는 두 노인이 있었다.

“어? 너였냐?”

그중 누런 장포를 입은 노인이 우희명을 알아보고 알은체를 했다.

“기억하시네요. 오랜만에 뵈어요.”

그녀는 방긋 웃으며 포권을 취했다.

“그래, 오랜만이다.”

노인이 히죽 웃으며 대답했다.

우희명도 그가 누구인지 알고 있었다.

그는 극뢰권마(極雷拳魔)였다.

그리고 그 앞에 아무 반응도 없이 바둑판만 뚫어져라 바라보고 있는 이는 사혼도마(死婚刀魔)였다.

하나 우희명은 그들의 이름까진 알진 못했다. 아니, 그녀뿐만이 아니고 그들의 이름을 아는 이는 적존교 내에 아무도 없었다.

무공 역시 마찬가지였다.

보기는커녕 그들이 익힌 무공의 이름조차 몰랐다.

교주는 혹시 알지도 모르지만, 입을 열지 않으니 확인할 방도가 없었다.

하지만 그렇게 비밀에 싸여 있어도 그들은 어디까지나 적존교의 사대봉공이었다.

"이봐, 소교주야. 알은척이라도 해."

극뢰권마의 핀잔에 사혼도마는 슬쩍 우희명을 쳐다보았으나 이내 바둑판으로 시선을 주었다.

'이 사람한테 부탁하긴 틀렸군.'

우희명은 내심 그리 생각했으나, 얼굴에 미소를 지우지 않은 채 입을 열었다.

"다른 두 분은 출타하셨나요?"

"검마와 독마?"

사혼도마는 짧게 말했으나 정식 호칭은 혈참검마(血斬劍魔)와 백안독마(白眼毒魔)였다.

"네."

"검마는 여느 때처럼 산 정상에 검을 휘두르고 있을 테고, 독마는 나갔어."

"네?"

"원래 독마 놈은 시도 때도 없이 잘 돌아다녀. 크크크."

극뢰권마는 뭐가 그리도 즐거운지 킥킥댔지만, 우희명은

사대봉공 중 두 사람이나 자리에 없다고 하자 실망할 수밖에
없었다.

"그럼 언제 돌아오시나요?"

"그야 나도 모르지."

극뢰권마는 한동안 이죽거리다가 불쑥 물었다.

"그런데 웬일이야? 올라오기 힘들었을 텐데."

"네 분이서 이곳에 머문 지 얼마나 되셨죠?"

"이것 봐라? 먼저 물은 건 나야."

"이것도 제 대답의 일부예요."

그는 묘하단 표정으로 우희명을 쳐다보다 할 수 없다는 듯
대답했다.

"나도 잘 모르겠다. 뭐, 적어도 네가 태어나기 전부터일 테
지만."

"무척이나 오래되셨네요."

"암, 오래됐지."

"그동안 적적하셨겠어요."

"글쎄다. 자네, 심심했나?"

사혼도마는 고개를 저었다.

"아니라는데? 그럼 나도 아니야."

'거짓말!'

우희명은 속으로 소리쳤다.

어떻게 수십 년 동안이나 네 명이서만 있었는데 외롭지 않

을 수 있겠는가?

자신이었다면 아마 미쳐 버렸을 것이다.

'아아, 이러면 안 되는데.'

그가 외로웠다고 해야만 재미있는 일이 있다며 부추기는데 말이다.

우희명은 할 수 없이 처음의 계획을 수정했다.

"저기, 하나만 여쭈어도 될까요?"

"물어봐."

"네 분 중에 누가 가장 무공이 뛰어나나요?"

"뭐?"

순간 극뢰권마의 안색이 돌변했다.

'잘못 말했나?'

우희명은 왠지 불안해졌다.

극뢰권마가 자신을 뚫어져라 쳐다보고 있었기 때문이다.

"혈참검마."

그러자 이때까지 조용히만 있던 사혼도마가 처음으로 입을 열었다.

그 말에 우희명이 반색했다.

"그분이 제일 강해요?"

극뢰권마가 인상을 찌푸리며 대답했다.

"뭐, 나보다 조금 나은 정도지. 그런데 왜 물어?"

"그럼 그분이 강하다 해도 종이 한 장 차이겠군요."

“암, 그렇지.”

극뢰권마의 안색이 처음으로 돌아왔다.

“근데 제가 알기로 네 분은 모두 제자를 들이지 않으셨다
던데…….”

우희명이 말끝을 흐리자 극뢰권마가 잽싸게 말을 받았다.

“그렇지. 우리에게 제자 따윈 필요없으니까.”

“하지만 제자가 없다면 어르신들의 무공은 곧 사장되어 버
릴 텐데요?”

“계집아, 그게 무슨 대수냐. 우리가 죽으면 그것으로 끝인
데, 뭐 아쉬울 게 있다고.”

“정말 아무렇지도 않아요?”

“그럼!”

우희명은 그의 말을 이해할 수 없었다.

모든 무인들이 자신의 무공이 후세에 전해지길 원했다.

이는 고수일수록 더욱 심했다.

그랬기에 대체로 오래된 무공일수록 강한 것이다.

“그래도 제자를 한 명쯤 두는 게 만약을 위해서도 좋을 것
같은데요?”

우희명이 단념하지 않고 계속 고집을 부리자 극뢰권마는
툴툴거리며 웃었다.

“후후후, 왜? 너 우리 제자가 되고 싶은 게냐?”

“아, 그게 제가 아니라…….”

“네가 아니면 누구? 네 정인이냐?”

“…….”

우희명이 대답하지 않자 극뢰권마가 말을 이었다.

“일찌감치 포기해라, 이것아. 우린 제자를 들이고 싶어도 들일 수 없는 몸이니까.”

“그건 무슨 말씀이세요?”

“우리는 지금 우리가 가지고 있는 무공을 익히기에도 시간이 모자란단 뜻이다.”

“…….”

우희명은 할 말을 잃어버렸다.

이미 입신의 경지에 이르렀을 이들이 무엇이 부족해서 이런 소릴 한단 말인가?

그때 문득 그가 처음 했던 말이 떠올랐다.

가장 강한 사람은 혈참검마라 했다.

한데 그가 지금 어디에 있는가? 검을 휘두르러 산 정상에 올랐다 하지 않았는가?

‘그럼 정말로 지금까지 무공만 죽어라 익힌 거야?

“여기 온 용건은 그게 다냐?”

우희명은 고개를 끄덕였다.

“그럼 돌아가라. 시간 다 됐다.”

그녀가 뭐라 다시 말을 하려 했지만, 그는 사혼도마를 돌아보며 자리에서 일어섰다.

"자, 그럼 다시 한바탕 놀아볼까?"

사혼도마가 천천히 고개를 끄덕이며 따라 일어섰다.

"어르신……."

"아직까지 안 가고 뭐 해? 휘말려 죽기 싫으면 얼른 내려가!"

극뢰권마가 버럭 호통을 쳤다.

사혼도마가 도를 뽑아 들고 있었다.

'비무!'

우희명은 돌아설 수밖에 없었다.

위지극을 강하게 만들 수 있는 유일한 대안이었는데, 이렇게 끝이 나고 말았다.

가슴에 뭔가 콱 박힌 듯 답답하기만 했다.

그렇게 힘이 빠진 우희명이 느릿하게 산을 내려가려 할 때였다.

[계집!]

느닷없이 머릿속에서 극뢰권마의 음성이 울렸다.

'어?'

그녀는 깜짝 놀라 뒤돌려고 했다. 하지만 재차 들려온 극뢰권마의 음성에 그러지 못했다.

[고개 돌리지 말고 듣기만 해. 우리 제자로 들이고 싶다는 네 정인, 나에게 데려와라.]

우희명은 왜냐고 묻고 싶었다.

하지만 이의전성을 펼치기에는 그녀의 공력이 모자랐다.

이를 눈치챘을까? 그의 음성이 이어졌다.

[궁금하냐? 크크크, 도마 앞이라 말하지 못했지만, 난 네 말대로 심심하다. 제자도 들이고 싶고. 이제 됐냐?]

우희명은 뛸 뜻이 기뻤다.

이제 됐다.

극뢰권마의 승낙을 받았으니 혹령이 아무리 고수라 해도 위지극이 그를 뛰어넘는 것은 시간문제였다.

우희명은 차마 뒤돌아보지 못하고 포권을 취했다.

그리고 달음질쳐 내려갔다.

콰콰광!

그와 동시에 우희명의 뒤에서 천지를 울리는 굉음이 터져나왔다.

*　　*　　*

"둘이 어제 뭐 하다 온 거야?"

아침 식사를 하다 말고 소유아가 물었다.

"산책."

위지극을 대신해 사연화가 답했다.

"근데 분위기가 왜 저래? 그때부터 계속 꿍해 있잖아. 무슨 일 있었던 거지?"

“…….”

사연화는 슬며시 위지극을 바라봤다.

그러자 묵묵히 밥을 먹고 있던 위지극이 고개를 들더니 뺨을 긁적였다.

“내가 그랬나?”

“그랬어! 어제 묻고 싶었지만, 무서워서 말을 걸 수 있어야지.”

위지극은 멋쩍게 웃었다.

어젠 감정이 너무 격앙돼 있었나 보다.

생각해 보면 그 일 이후로 말을 한마디도 하지 않고 있었던 듯싶다.

화자개와 임도옥이 사과라도 한마디 했으면 그렇게까지 화가 나진 않았을 것이다.

그 때문에 임도옥의 뺨까지 때리지 않았던가?

‘염 아저씨가 여자에겐 잘 대해주라고 했었는데… 여자에겐 손을 쓰기 힘들 거라는 말도 했었는데…….’

아무래도 자신에겐 해당되지 않는 말 같았다.

하지만 후회는 없었다.

죄를 지었으면 벌을 받는 게 당연했으니까.

위지극은 그들이 죽어야 한다는 생각에는 여전히 변함이 없었다.

“별일 아니었어.”

“거짓말하고 있네.”

“유아야.”

사연화는 소유아가 더 이상 위지극을 자극하지 않길 바랐
다.

어제 본 위지극은 정말 무서웠다.

자신이 말리지 않았으면 정말 그 둘을 죽일 것만 같았다.

그리고 폐관에 든 이후 처음 본 그의 무공은 지금까지와는
전혀 다른 놀라운 것이었다.

아니, 무공이라고 딱히 말하기도 이상했다. 검을 뽑지도 않
았으니까.

적수공권이었음에도 화자개와 임도옥이 상대가 되지 않았
다.

화자개의 무공은 잘 모르지만 임도옥과는 직접 손을 섞은
적이 있었다.

자신보다는 분명 못하지만 그 차이가 크지 않았다.

그랬기에 홍의나찰이란 별호까지 얻은 것이다.

한데, 그런 두 사람을 마치 어린아이 다루듯 하지 않았는
가.

‘폐관수련…….’

한 달 남짓한 짧은 시간 동안 어찌 그런 성취를 이뤘을까?

수북이 가지고 들어간 검은 어디에 사용한 걸까?

위지극에 대한 의문이 끊임없이 일어났다.

하지만 무공 수련에 얽힌 궁금증이기에 쉽게 물을 수도 없었다.

아침 식사를 모두 들고 나자 그릇을 치우러 시비가 들어왔다. 그런데 시비와 동행한 이가 있었다.

그는 바로 어제 자신들을 안내했던 삼총관 광언성이었다.

"총관님."

금산청이 반색을 하며 자리에서 일어섰다.

"늦어서 죄송합니다."

"아닙니다. 그보다 어제……."

"제가 온 것이 바로 그 때문입니다. 오늘 저녁에 가주께서 뵙고자 하십니다."

"우리 모두 말씀입니까?"

"물론이지요. 여러분을 포함해서 북무림회에서 오신 인청각원 모두입니다."

사연화는 걱정스러운 눈길로 위지극을 쳐다봤다.

혹시나 가주가 보고자 하는 이유가 어제 임도옥과의 불미스런 일 때문이 아닌가 해서였다.

하나 위지극은 크게 신경 쓰지 않는 듯 평상시와 다름없어 보였다.

'괜한 걱정이었나?'

"그럼 저녁때 다시 뵙겠습니다."

광언성은 그 말만을 남기고 돌아갔고, 남은 인청각원들은 또다시 무료하게 한나절을 보내야만 했다.

*　　*　　*

그날 저녁, 광언성은 약속대로 찾아왔고, 인청각원들은 그를 따라 임씨세가의 중심에 있는 커다란 전각으로 안내되었다.

전각은 인청각에 버금갈 만큼 커다랬는데, 다른 점은 일층 전체가 하나의 큰 대전으로 이루어졌다는 것이었다.

그곳에는 인청각원들을 위한 연회상이 마련되어 있었다.

하나의 조에 하나씩 탁자가 배분되어 있어, 총 다섯 개의 탁자가 한쪽에 놓여 있었다.

너른 중앙은 비었으며 그 뒤로 임씨세가 사람들을 위한 기다란 탁자가 또 하나 놓여 있었다.

강호에서 손님을 맞아 벌이는 연회, 정통적인 차림새였다.

"이런 걸 원한 게 아닌데……."

금산청이 난처한 기색으로 중얼거렸다.

그는 오늘의 모임이 적존교를 맞아 어떻게 할 것인지를 논의하는 자리일 것이라 생각하고 있었다.

한데 눈치를 보아하니 그보다는 놀고먹고 즐기자는 분위기인 듯했다.

모두가 착석하고 나자 잠시 후 열대여섯 명의 임씨세가 사람이 들어왔다.

그중에는 가주 임가육과 북무림회에 대표로 있다가 세가로 돌아온 임사득, 그리고 임진남도 있었다.

그 외의 사람들은 아마도 세가의 원로이거나 중요한 위치에 있는 가솔들로 보였다.

한데 유독 눈에 뜨이는 사람이 있었다.

붉은 천으로 얼굴을 가렸으며 호리호리한 몸매에 날카로운 눈빛이 번뜩이는 여인.

이런 연회 자리에 어울리지 않는 차림새였다.

그녀를 본 위지극이 묘한 표정을 지었다.

'정말 빨리도 또 만났네.'

천으로 얼굴을 가렸다고는 하나 위지극이 못 알아볼 리 없었다.

그녀는 홍의나찰 임도옥이었다.

임도옥은 대전에 들어서는 순간부터 위지극을 노려보고 있었다.

마치 잡아먹을 듯한 눈초리였다.

하지만 위지극도 지지 않았다. 대신 그녀와는 달리 놀리듯이 히죽 웃었다.

'저 자식이!'

임도옥의 이마에 붉은 핏줄이 솟아났다.

'그래, 조금만 기다려라. 네놈 목숨도 오늘로서 끝이니까.'

모두가 좌정하자 임가육이 일어섰다.

"이렇게 영준한 인청각원들을 만나게 되어 매우 반갑네. 본인은 이곳의 가주를 맡고 있는 임가육이라 하네."

이에 인청각원들은 모두 자리에서 일어나 포권으로 답례를 취했다.

임가육은 흐뭇하니 고개를 끄덕이고는 말을 이었다.

"오늘 이 자리는 본가의 위기에 여러분이 찾아준 데에 대한 자그마한 보답일세. 그러니 마음껏 여독을 풀길 바라겠네."

그가 자리에 앉자 그 즉시 수십여 명의 시비가 음식을 날라왔고, 아름다운 여인들이 중앙으로 나오더니 가무를 펼치기 시작했다.

"흐음……."

금산청은 눈을 감았다.

가주는 여독을 풀라 했지만, 이미 여독 따윈 사라진 지 오래였다.

도착해서 하루 반나절을 편히 쉬었으니 말이다.

"안 먹어요?"

조용히 팔짱만 끼고 있는 금산청을 보고 소유아가 물었다.

"먼저 들어."

"웬일이래? 오라버니가 먹을 걸 마다하고?"

소유아는 고개를 한 번 갸우뚱하고는 허겁지겁 먹어댔다.

"산청이 형."

이번엔 위지극이었다.

"뭔가 이상하지요?"

금산청이 천천히 눈을 뜨더니 위지극을 바라봤다.

"그래, 이상하다. 왜 임도옥이 너만 쳐다보고 있는 거냐?"

"난 그걸 물은 게 아닌데……."

"어제 산책 중에 생긴 일이란 게 저 임도옥과 관련된 거였어?"

"뭐… 그렇지요."

위지극은 부정하지 않았다.

"조심해야 할 거다."

"……."

"저 아이, 무공은 특별히 뛰어난 게 없지만, 집념은 꽤나 강하다 들었다. 손해 보고는 못사는 성격이지. 그랬기에 홍의나찰이란 별호를 얻은 것이고."

"그런가요?"

위지극은 시큰둥한 반응이었다.

"그리고 또 하나, 가주로부터 가장 이쁨을 받는 아이가 바로 저 임도옥이다. 해서 저 애의 미움을 받으며 강호 생활을 하기란 웬만한 배경이 없이는 힘들지."

"딸사랑이 지극한가 보군요."

"모든 아버지가 다 그렇지 않겠어? 나도 딸이 있다면 별반

다르지 않을 듯한데."

"그래서 너무 버릇이 없는 거군요. 거짓말만 하고, 사과할 줄 모르고."

"응?"

"아… 아니에요."

위지극은 더 이상 말했다가는 모두 실토할 것만 같아 급히 입을 다물었다.

"어찌 됐든 오늘 뭔가 일이 벌어질 것만 같다. 혹시라도 그런 일이 벌어지면 자중했으면 해."

"노력해 볼게요."

위지극의 대답에 금산청은 쓴웃음을 지었다.

금산청은 폐관을 마친 위지극의 검을 본 적이 있다.

만약 그가 이 자리에서 날뛰기 시작한다면, 아수라장이 될 게 뻔했다.

이어 금산청은 이십조가 앉아 있는 자리를 쳐다봤다.

그곳엔 도복을 입고 있는 청년이 있었는데, 그가 바로 이십조 조장인 누일정(婁一貞)이었다.

인청각에는 하나의 규칙이 있었다.

여러 조가 함께 행동할 경우, 선행조의 조장이 지휘를 맡는 것이었다.

때문에 금산청이 불만이 있다 해도 그가 직접 말할 수 있는 입장이 아니었다.

금산청의 시선에 누일정이 고개를 끄덕이더니 가무가 잠시 멈추는 사이 자리에서 일어섰다.

"가주께 한 말씀 여쭙고 싶습니다."

"말해보게."

"저희는 그날 무슨 일을 하면 되는지요?"

임가육은 잠시 그를 물끄러미 바라보다가 입을 열었다.

"때가 되면 알려주겠네."

하지만 누일정은 물러서지 않았다.

"외람된 말씀이오나, 지금 들려주실 수는 없는지요?"

이에 임가육의 안색이 조금 굳어졌다.

누일정의 질문은 버릇없이 들릴 수도 있는 것이었다.

'저 친구도 어지간히 답답했던 거로군.'

금산청은 희미하게 웃었다.

하나 서른 명을 책임지는 그로서는 조원들이 납득할 만한 대답을 이끌어내는 것이 의무일지도 몰랐다.

"그것이 굳이 이 자리에서 알아야 할 정도로 중한 사안인가?"

"그렇습니다. 저희는 회로부터 가주님의 명을 따르란 지시만 받고 이곳에 왔습니다. 해서 조원들 모두는 궁금해하고 있지요. 과연 우리가 무슨 일을 해야 하는 것인가, 선봉에 서야 할 것인가, 아니면 배후를 지켜야 할 것인가, 아니면……."

"아니면 뭔가?"

임가욱의 음성이 딱딱해졌다.

하지만 누일정은 굽힘없이 말을 이었다.

"아니면 적존교에 맞서는 임씨세가를 다만 옆에서 지켜보는 역할일지 말입니다."

그의 말은 정곡을 찌르는 것이었다.

"과연 대무당파의 제자다운 언변이로군."

"언짢으셨다면 죄송합니다."

누일정은 허리를 숙이며 사죄했으나, 임가욱의 굳은 표정은 풀리지 않았다.

"자네가 솔직히 물었으니, 나도 솔직히 답하겠네."

모두의 시선이 그에게 향했다.

드디어 그의 입이 떨어졌다.

"때가 되면 차차 알게 될 것 같아 말하지 않으려 했으나 어쩔 수 없군."

그는 좌중을 돌아보며 단호하게 말했다.

"본가에서 자네들이 할 일은 없네."

"……."

그 말을 들은 인청각원 모두는 꿀 먹은 벙어리가 되었다.

'역시…….'

금산청의 쓴웃음이 더욱 짙어졌다.

인청각 다섯 개 조만 출발할 때부터 뭔가 의심쩍었다.

적존교와의 교전이니 회의 대대적인 지원이 있는 게 당연했건만, 결국은 이런 이유에서 자신들만 보내진 것이다.

처음부터 군중에 불과했다니, 아무래도 기분이 씁쓰름할 수밖에 없었다.

"형은 알고 있었어요?"

혁조영이 슬며시 물었다.

"확실히는 몰랐으나 대충 짐작은 하고 있었다."

"아버지가 그러실 분이 아닌데……."

"오해하지 마. 물론 회주님이야 도와주려는 마음이었겠지만 보아하니 임씨세가 측에서 반대한 모양이다."

"그럼 우린 뭐 해요?"

"들었잖아. 가만히만 있으라고."

"……."

혁조영은 아쉬운 표정을 지었다.

내심 그동안 갈고닦은 무공을 사용하고 싶었다.

위지극이 가르쳐 준 무변광신공으로 인해 그의 천향검법은 놀라울 만큼 진보된 상태였다.

쓰지도 못할 무공을 뭐 하러 익힌단 말인가?

한데 임가육의 말은 그것으로 끝이 아니었다.

"이렇게 된 김에 나도 하나 묻겠네."

"말씀하십시오."

갑자기 임가육의 눈에서 신광이 뿜어져 나왔다.

순간 누일정은 숨이 턱 막혔다.

'무서운 내공!'

눈빛을 마주치는 것만으로도 심장이 오그라드는 기분이었다.

그는 급히 태청진기를 끌어올렸다.

그제야 어느 정도 진정이 됐다.

"자네들 중 누가 내 딸에게 손을 썼는가?"

임가육이 좌중을 쓸어보자 사위는 찬물을 끼얹은 듯 적막감이 감돌았다.

"무슨 말씀이신지……?"

"도옥!"

임가육의 호통에 임도옥이 일어서며 소리쳤다.

"아버지, 저 자식이에요!"

그녀의 손가락이 가리키는 곳엔 위지극이 있었다.

第二十九章
결자해지(結者解之)

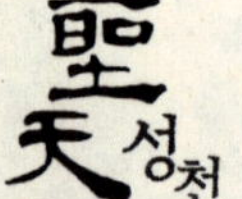

사방이 웅성거리기 시작했다.
모든 이의 시선이 임도옥에게서 위지극으로 쏠렸다.
"저 애가?"
"홍의나찰을……?"
'쟤가 정말로!'
설마했던 일이 막상 벌어지고 나자 사연화는 어처구니가
없었다.
어떻게 그런 일을 부모에게 고자질할 수 있단 말인가?
그녀로서는 도저히 상상조차 할 수 없는 일이었다.
분위기가 이상하게 돌아가자 금산청이 나섰다.

"가주님, 뭔가 오해가 있지 않았나 싶습니다. 극이가 아무리……."

"오해?"

임가육의 음성이 싸늘해졌다.

"이게 오해란 말인가? 도옥아."

"네, 아버지."

"천을 벗어라!"

임도옥은 머뭇거렸다.

"어서!"

그녀는 어쩔 수 없다는 듯 서서히 얼굴을 가리고 있던 붉은 천을 벗었다. 그러자,

"아!"

"저런……!"

곳곳에서 놀람의 탄성이 들려왔다.

천을 벗겨낸 후 드러난 임도옥의 얼굴은 가히 목불인견이었다.

양 뺨이 퉁퉁 부어올라 말하기도 힘들어 보일 정도였다.

"이래도 오해란 말인가?"

금산청은 멍청하니 그녀의 얼굴을 쳐다보다가 위지극을 돌아봤다.

"극아?"

둘 사이에 뭔가 일이 있었으리라는 사실은 알았지만 설마

여자의 얼굴을 저 지경으로 만들어놓았을 줄은 몰랐다.

하지만 다른 사람들의 생각이야 어찌 되었든 위지극은 달랐다.

'조금 모자라는데. 나는 산채에 있는 내내 저보다 더 심했는데 말이지.'

위지극이 일어섰다.

"제가 그랬습니다."

"오호, 그래도 사내답게 인정하는군그래. 도대체 왜 그랬지?"

"응당 갚아야 할 빚이 있었으니까요."

"뭘 말인가? 이 애가 자네를 이 꼴로 만든 적이 있었나?"

"그건 아닙니다."

"그럼 말해보게. 이 애가 뭘 잘못했는지."

위지극은 잠시간 임가육을 뚫어져라 쳐다보다가 느릿하게 대답했다.

"지금은 말씀드릴 수 없습니다."

"뭐라?"

다시금 임가육에게서 신광이 피어올랐다.

하지만 위지극은 시선을 피하지 않은 채 말을 이었다.

"다만!"

"……"

"가주의 영녀로 인해 소중한 약속을 지키지 못했으며, 저

또한 목숨이 위태로웠다는 사실만 알려 드리고 싶습니다."

"목숨이 위태로웠다? 하지만 지금 자네는 멀쩡하지 않은가?"

그 말에 위지극은 자신도 모르게 울컥 화가 치밀었다.

사실대로 말하자면 이미 그녀 때문에 한 번 죽은 적이 있으니 말이다.

위지극은 애써 분기를 누르며 대답했다.

"운이 좋았지요."

"하면 그건 그렇다 치고, 그럼 자네의 소중한 약속은 어떻게 됐는가?"

"다행히도 늦긴 했습니다만 지킬 수 있었습니다."

"그래? 하면 약속이 늦어져서 죽은 사람도 있나? 해를 입은 사람이라도 있나?"

"그건 모릅니다."

임가육의 얼굴에 언뜻 미소가 스쳐 갔다.

"그럼 결국 자네의 약속이 조금 늦춰진 것이 내 딸의 얼굴보다 소중하다는 것이로군."

위지극은 대답하지 않았다.

임가육의 음성이 조금 커졌다.

"이 아이가 그리 우습게 보였나? 아니, 임씨세가가 자네 눈엔 우습게 보였나?"

위지극은 고개를 저었다.

“임도옥도, 그리고 임씨세가도 우습게본 적은 없습니다.”

“하면!”

임가육의 목소리는 커지다 못해 이젠 고함 소리로 변해가고 있었다.

“내 딸을 이 꼴로 만든 대가를 치러야겠군.”

위지극은 슬슬 인내심에 한계가 오고 있었다.

누가 누구에게 죄를 묻는단 말인가?

적반하장도 이 정도면 극에 달했다 할 수 있었다.

위지극의 눈빛이 점점 침잠되어 갔다.

“대가를 어떻게 치르게 하겠단 말씀이신지요?”

“당연히 내 딸과 똑같이 만들어줘야겠지. 그게 강호의 법도니까.”

강호의 법도!

위지극은 실소가 나왔다.

참으로 어이없는 법도다.

전후 사정은 필요없고 결과만 놓고 따지는 법도다.

사람을 죽을 위험에 밀어 넣었어도 죽지만 않았다면 죄가 없다니, 개도 웃고 갈 법도였다.

“하나, 차마 내가 자네에게 직접 손을 쓸 수는 없는 법. 자네의 사문에게 죄를 묻겠네. 사문이 어딘가?”

“없습니다.”

“없어? 거짓말하지 마라. 그럼 어떻게 무공을 익혔단 말이냐?”

그는 아예 이젠 취조하듯 위지극을 대했다.

“혼자서 익혔지요.”

“그럼 사부나 사형제가 없다는 뜻이냐?”

“그런 셈입니다.”

“오호, 그래? 그것참, 잘됐군.”

위지극은 순간 그의 얼굴에서 미소를 본 것만 같았다.

“자네에겐 사부가 없다 하니, 나로서도 이젠 어쩔 수 없게 됐네.”

위지극은 잘못 본 게 아니었다.

그는 정말로 웃고 있었다.

그것도 무척이나 즐거운 듯이.

“내가 직접 자네에게 죄를 묻는 게 정당하다는 것이야.”

위지극은 대소를 터뜨리고 싶었다.

결국 뭔가. 자기가 직접 손을 쓰겠다는 말 아닌가?

“처음부터 그럴 셈 아니었습니까?”

“……!”

위지극의 당돌한 말에 임가육의 얼굴이 시뻘게졌다.

“어차피 임도옥으로서는 제 상대가 되지 못할 게 뻔하니 말입니다.”

사연화는 일이 커지려 하자 급히 위지극의 옷깃을 잡으며 속삭였다.

“어쩌려고 그래?”

위지극은 대답하지 않았다.

그래서 더욱 불안했다.

상대는 육대세가의 가주다.

쉽게 말조차 붙이기 힘든 신분. 그런 사람과 이렇게 말싸움을 하는 게 얼마나 위험한 일인지 위지극은 모르고 있는 것이다.

임가육의 전신에서 무시무시한 살기가 뿜어져 나왔다.

그가 언제 이런 무시를 당한 적이 있었던가.

“좋다! 네놈의 알량한 무공이 얼마나 되는지 내 직접 확인하겠다.”

그때였다.

[가주!]

갑자기 들려온 이의전성에 임가육은 신형을 날리려다 흠칫 멈춰 섰다.

목소리만으로도 누구인지 알 수 있었다.

[말리실 생각이라면 포기하십시오, 숙부님.]

이의전성을 펼친 이는 다름 아닌 임사득이었다.

[이만 물러서시게.]

[숙부님!]

그는 임사득을 쳐다보고 싶었다. 하지만 집안의 내분처럼 보일 게 뻔했기에 쉽게 그러지 못했다.

[이번 일은 도옥이에게서 마무리 짓는 게 좋아. 자네까지 나서선 절대 안 돼.]

임사득의 뜻은 분명했다.

하지만 임가육으로서는 숙부의 말을 납득할 수 없었다.

딸의 일에 자신이 직접 나선 것이 이번 한 번뿐이었으면 또 모르겠으나, 이전에도 있어왔다.

강호에 드러나진 않았지만 딸을 우습게봤다는 이유로 문파 하나를 몰살시킨 적도 있었다.

그런 사실을 잘 알고 있는 숙부이건만, 갑자기 오늘은 왜 만류한단 말인가?

그는 고집을 굽히지 않았다.

[이번만큼은 저도 양보할 수 없습니다.]

임가육은 후에 임사득에게 책을 듣더라도 도무지 참을 수 없었다.

하지만.

[절대 안 된다 하지 않았나!]

이번엔 머릿속이 멍하게 울릴 정도로 불호령이 떨어졌다.

[이는 도옥이와 자네, 그리고 우리 가문의 안위를 위해서일세!]

임가육은 당황스러웠다.

갑자기 가문의 안위가 이 상황에서 왜 나온단 말인가?

[그게 무슨 말씀이십니까?]

[저… 아이…….]

이의전성임에도 그는 숙부의 한숨 소릴 들은 것만 같았다. 그리고 임사득의 충격적인 말이 이어졌다.

[저 아이가 바로 성천자일세.]

[……!]

그 말에 임가육의 두 눈이 더 할 수 없을 만큼 커다래졌다.

'성천자?

그의 말을 곱씹던 임가육의 안색이 대변하여 임사득을 쳐다봤다.

"그게! 사실입니까?"

얼마나 놀랐는지 이의전성을 나누던 사실조차 잊어버리고 입 밖으로 말을 내뱉었다.

[그래. 저 아이가 지난번에 말한 성천자 위지극일세.]

[어떻게 성천자가 여기에…….]

[나도 오늘에서야 알았네. 내 뭐라 자네에게 할 말이 없군. 모든 게 나의 불찰일세. 회주는 역시 만만한 인물이 아니었어.]

성천자는 이곳에 있으면 절대 안 됐다.

그가 나서서 적존교와 싸운다면 모든 공이 그에게로 돌아갈 공산이 컸기 때문이다.

아니, 그보다 지금은 눈앞의 일이 더 급했다.

성천자와 맞섰다.

큰일도 이런 큰일이 없었다.

물론 성천자의 무공이 얼마나 뛰어난지는 알지 못했다.

하지만 딸아이와의 생긴 마찰에 웃어른인 자신이 끼어든 게 알려진다면 성천이 노할지도 모르는 일이었다.

단 한 사람만을 내보내 적존교를 막아낸 성천.

그런 무인이 무수히 있다 알려진 성천.

그러니 성천의 진노를 산다면 매하단신공이 구성이든 십성이든 상관없이 결과는 이미 정해져 있었다.

멸문(滅門)!

그제야 위지극이 사문이 없다 한 이유를 깨달았다.

자신이 그의 입장이라도 그리 말했을 것이다.

그리고 또 다른 사실도 알았다.

딸아이 때문에 늦어졌다는 약속, 그건 분명 성천자가 북무림회로의 도착이 늦어졌던 것과 관련이 있을 것이다.

여기까지만 해도 이미 씻을 수 없는 과오다.

하지만 문제는…….

'이… 이런…….'

그는 가슴이 철렁 내려앉았다.

성천자가 말했던 것은 그 외에도 또 있었다.

목숨이 위태로웠다 하지 않았던가?

'이… 이 멍청한 것이!'

그는 갑자기 임도옥을 타들어가는 눈빛으로 노려봤다.

'밖에서 도대체 무슨 짓을 하고 다닌 것이냐!'

임도옥은 아버지가 위지극을 처단하려다 말고 갑자기 자신을 노려보자 당황스러웠다.

"왜… 그러세요……?"

"닥치거라!"

사방을 쩌렁 울리는 호통 소리가 터져 나왔다.

그는 결국 딸의 어리석음에 대한 분노를 참지 못하고 소리쳤다.

"아… 아버지……."

"닥치래도!"

그녀는 갑작스럽게 돌변한 아버지의 태도에 눈물이 나오려했다.

임도옥은 지금까지 살아오면서 이처럼 화를 내는 아버지를 본 적이 없었다.

'갑자기 왜 저러는 거지?

의아한 것은 위지극도 마찬가지였다.

그는 이미 마음을 굳힌 상태였다.

상대가 자신보다 고수이든 하수이든 상관없이 끝장을 보려던 심산이었다.

말도 안 되는 억지 주장을 듣고 있는 것도 지겨웠고, 만약 진다 해도 어차피 죽지 않는 몸, 잠시 동안 아프기밖에 더하겠는가.

“저기······.”

사태가 이상하게 돌아가고 있자 결국 참지 못하고 위지극이 먼저 입을 열었다.

“저는 준비가 됐습니다만······.”

그제야 임가육이 정신을 차리고 위지극을 돌아봤다.

그리고 방금 전에 알량한 실력을 확인해 본다고 말했던 것도 떠올랐다.

그는 창황한 와중에도 이 난국을 헤쳐나가기 위해 노력했다.

“내가 잠시 이성을 잃었었구먼. 아무래도 딸의 일이다 보니 아비로서 침착하기 힘들었나 보네. 딸자식 얼굴이 이리된 것을 보고도 제정신일 아비가 몇이나 되겠는가?”

“네?”

위지극뿐만이 아니라 다른 인청각원들도 멍한 표정이 되었다.

방금 전까지만 해도 죽일 듯이 달려들려던 임가육이었는데, 이건 또 무슨 소린가?

“그야······.”

“자네도 자식을 낳아보면 이 마음을 이해할 것이네. 자식의 잘못이야 한없이 숨기고 싶은 게 부모의 마음 아니겠는가? 그것이 대죄라 해도 말일세.”

“······.”

위지극이 잠자코 있자 그는 급히 임도옥을 불렀다.

"도옥아."

"네……."

"저 친구의 말대로 정말 네가 그랬느냐?"

"무슨 말씀이세요……?"

"네가 저 친구를 위험에 빠뜨렸느냔 말이다."

그녀는 억울했다.

왜 갑자기 아버지가 이렇게 나오는지 영문을 모르겠지만, 자신이 한 일이라 봐야, 사연화 행세를 한 것뿐이었다.

비록 그 때문에 위지극이 산적 떼에 들어가긴 했지만, 그게 목숨의 위협과 무슨 상관이 있을까?

하지만 사뭇 부드러운 음성과 달리 시퍼렇게 빛나고 있는 아버지의 무시무시한 눈빛을 대하고 보니 도저히 변명할 엄두가 나지 않았다.

그녀는 보일 듯 말 듯 고개를 끄덕였다.

"그랬구나. 저 친구의 말이 거짓이 아니었구나."

그는 자조하듯 말하고는 위지극을 향했다.

"어떻게 했으면 좋겠나?"

"무엇을 말입니까?"

"어떻게 해야 딸아이를 용서해 줄 수 있겠느냔 말일세."

위지극은 막상 그가 이렇게 나오자 마땅히 떠오르는 말이 없었다.

물론 당한 대로 갚아주고 싶었다.

죽이고 싶도록 미웠다.

하나 차마 부모 앞에서 딸을 죽이겠다고 말할 수는 없는 노릇이었다.

위지극이 잠자코 있자 그가 먼저 제안했다.

"이 아이가 목숨으로 갚으면 되겠나?"

"아버지!"

임도옥이 놀라 소리쳤다.

어제의 기세를 생각한다면 위지극은 정말 그러고도 남을 것만 같았다.

"넌 조용히 있거라! 어떤가? 그러면 되겠는가?"

"……."

"극아."

사연화가 위지극을 보며 고개를 저었다.

혹시라도 그가 그러겠다고 말할까 봐 두려워서였다.

한편 위지극은 고심 중이었다.

과연 뭐라 해야 할까?

쉽사리 떠오르지 않았다.

위지극이 골몰히 생각하는 모습을 지켜보던 임가육이 크게 소리쳤다.

"좋네. 그럼 그렇게 하는 것으로 하지!"

위지극이 깜짝 놀라 그를 올려다봤다.

'뭐야? 난 아무 말도 안 했는데?'

하지만 임가육은 위지극을 못 본 척하고는 청산유수처럼 말을 늘어놨다.

"옛말에도 결자해지(結者解之)라 했으니, 본인이 벌인 일은 본인이 매듭짓는 게 당연하네. 다만 한 가지! 우리는 모두 무인이니 무로써 끝을 보는 게 좋겠어."

이어 그는 임도옥을 지그시 쳐다보며 말을 이었다.

"도옥아, 그것이 바로 무인의 본분이다. 알았으면 어서 검을 들거… 너! 검은 어디에 뒀느냐?"

임도옥의 허리에 항상 매달려 있던 검이 사라진 것을 보고 버럭 소리쳤다.

"그건……."

그녀는 어젯밤 처마에 날아가 꽂힌 검을 챙겨오는 것을 잊고 있었던 것이다.

"너, 이젠 검마저 놓고 다니는 것이냐? 진남!"

"네, 아버님."

임진남이 급히 자리에서 일어섰다.

"네 검을 도옥이에게 주거라."

임진남은 차마 아버지의 명을 거역하지 못하고 동생에게 검을 내밀었다.

"오라버니……."

그녀는 울 듯한 표정으로 임진남을 쳐다봤으나 그는 애써 외면하며 검을 건넸다.

임도옥은 검을 쥐고는 엉거주춤하게 서 있다가 다시금 아버지의 불호령이 떨어지려 하자 어쩔 수 없이 중앙으로 걸어나갔다.

"자, 마음껏 손을 써도 좋네."

임가육은 빨리하라고 종용했지만, 위지극은 도저히 검을 들 맛이 나지 않았다.

이건 저항도 하지 못하는 어린아이를 공격하는 것과 다름없었다.

하지만 어떤 방식으로든 끝을 맺기는 해야 하는 것도 사실이었다.

결국 마음을 굳힌 위지극은 중앙으로 걸어나갔다.

임도옥, 그녀는 퉁퉁 부은 얼굴에 눈물까지 흘려서인지 차마 눈뜨고 못 볼 지경이었다.

위지극은 천천히 검을 뽑았다.

순간 임도옥의 신형이 한차례 부르르 떨렸다.

'이거야 원.'

위지극은 한숨이 나오려 했다.

바락바락 소리치던 홍의나찰의 모습은 어디로 사라졌을까?

"사과하고 싶은 마음이 아직도 없어?"

위지극이 물었다.

그때부터였다.

그녀의 떨리던 어깨가 점차 멎어갔다.

그리고 잠시 후, 드디어 안정을 찾은 듯 심호흡을 하기 시작했다.

순간 위지극은 무언가를 느꼈다.

그녀의 검에 진기가 스며들고 있었다.

'역시.'

천성은 버리지 못하는 것일까.

진심으로 사과한다면 용서 못할 이유도 없건만.

위지극은 고개를 저었다.

그 순간!

"죽어랏!"

검이 일직선으로 쏘아져 왔다.

'너는 이것밖에 없냐?'

지난번과 똑같은 검식이다.

검을 뽑지 않은 상태에서도 막아낸 검식. 검을 들고 있는 상태에서는 말할 필요도 없었다.

번쩍!

위지극의 검이 호를 그려냈다. 그리고,

채앵!

그녀의 검은 두 동강이 나 허공으로 날아갔다.

혼원무흔검법이 아니었다.

그녀의 초식을 알기에 나올 수 있는 파훼법이었다.

위지극의 검이 허공에서 방향을 틀었다.

쐐애액!

그리고 그녀의 목젖을 노리고 날아갔다.

그녀는 무방비로 검을 지켜보고만 있는 상태였다.

잠시 후면 꼬치 신세를 면치 못할 위기.

'안 돼!'

이를 지켜보던 임가육은 자신도 모르게 손에 힘을 주었다.

콰직! 소리와 함께 의자의 모서리가 부러져 나갔다.

"쳇!"

위지극의 검이 마지막 순간 방향을 바꿨다.

퍽!

"아악!"

임도옥이 휘청거리며 옆으로 몇 걸음 물러났다.

결국 위지극은 그녀의 목숨을 취할 수 없었다.

그래서 검등으로 그녀의 어깨를 후려치는 것으로 대신했
다.

"으……."

하지만 그것만으로도 충격이 컸는지 임도옥은 연신 신음
소릴 내고 있었다.

"이 자식, 동정하는 거냐? 깨끗이 죽여라!"

그녀가 발악하듯 소리쳤다.

하지만 위지극은 일별조차 하지 않은 채 검을 검집에 집어넣고는 뒤돌아섰다.

"어디 가? 왜 안 죽여! 죽여보라니까!"

"됐어. 이걸로 끝내자."

"난 이대로 못 끝내!"

위지극은 귀청이 떨어질 듯한 그녀의 외침을 뒤로하며 자그맣게 한숨을 내쉬었다.

'휴우… 염 아저씨 말이 맞았어요. 여자는 함부로 때리면 안 되나 봐요.'

염상천이 말한 뜻하고는 전혀 상관없이 그의 말에 수긍하는 위지극이었다.

위지극이 자리로 돌아가 버리자 임도옥은 갑자기 펑펑 울음을 터뜨렸다.

임진남이 뛰어가 달래도 울음을 그치지 않자 결국 그녀는 밖으로 끌어내졌다.

그녀가 사라지자 눈에 띄게 갑자기 분위기가 어색해져 버렸다.

한바탕 칼부림이 일어날 상황에서 어이없게 끝이 나버렸으니.

임가육이 다시 일어섰다.

"하면 위 소협, 이제 저 아이를 용서해 주시는 것이오?"

'응?'

위지극이 놀란 눈으로 그를 쳐다봤다.

어느새 호칭이 위 소협으로 바뀌어 있었고, 어투 또한 하대에서 평대로 변해 있었다.

"오늘 이 시간부로 그녀에게 진 빚은 없던 것으로 하겠습니다."

위지극이 마지못해 답하자 그가 확인하듯 다시 물었다.

"하면 도옥이의 목숨을 취하지 않겠다는 뜻이겠구려?"

"그렇습니다."

"좋소. 그럼 그대 앞에서 도옥이가 죽임을 당할 일은 없겠구려?"

'어?'

위지극은 순간 당황했다.

아 다르고 어 다르다고, 지금 임가육이 하고 있는 말은 용서와는 또 다른 이야기였다.

"그건……."

위지극이 머뭇거리자 임가육이 정색을 했다.

"그대는 아직 도옥이를 용서하지 못한 듯하오."

"아니, 그게 아니고요. 가주님, 그녀가 아까처럼 행동하다가 죽는다면 저도 어쩔 수 없는……."

"결국 소협의 뜻은 철부지 행동을 하지 않으면 된다, 이 뜻이오?"

"그렇다고도 볼 수 있지만, 아무래도……."

“그러면 좋소!”

임가육이 흔쾌히 고개를 끄덕이며 말했다.

“내 절대 그 아이가 그런 행동을 하지 못하게 하겠소. 그러면 됐소?”

“…….”

위지극은 속이 답답해서 터질 것만 같았다.

어찌 얘기가 이리 안 통할 수가 있는가?

위지극이 입만 뻥긋거리고 있자 이를 승낙의 의미로 알았는지 임가육이 쐐기를 박았다.

“딸아이를 용서해 줘서 고맙소. 그리고 약속은 지키리라 믿고 있겠소.”

‘약속? 무슨 약속?’

위지극이 어리둥절해 있는 사이 임가육이 박수를 치자 사위에서 여인들이 튀어나와 가무를 추기 시작했다.

그렇게 연회가 부지불식간에 시작되었다.

“뭔데 이건?”

위지극이 사연화를 돌아봤다.

그녀의 표정은 좋지 않았다.

대신 금산청이 피식거리며 대답했다.

“아무래도 네 정체를 파악했나 보다. 그러니까 저러지.”

“그래도 이건 너무 억지잖아요.”

“그건 우리 생각이고, 저 정도 위치에 있는 사람들은 그렇게 생각 안 한다. 다들 납득할 거라 여기고 행동하지."

"내참."

"어찌 됐든 임씨세가와 너무 척을 지는 것도 좋지 않아. 이 정도에서 마무리 지은 게 다행일지도 모르고."

"저쪽에서는 그렇게 생각하겠죠. 저는 아니지만."

"하하, 그럴 수도 있지."

위지극이 여전히 뿔난 표정이자 금산청이 웃음을 터뜨렸다.

그러면서도 속으로는 임가육의 말을 곱씹었다.

'아무 일도 할 필요가 없다? 그만큼 자신이 있다는 건가? 기대되는군그래.'

"일석이조를 노렸는가?"

임사득이었다.

임가육은 그를 돌아보고는 어색한 표정을 지었다.

"수습하려다 보니 그 방법밖엔 없었습니다."

그는 위지극이 임도옥을 죽이지 않을 것이라는 철석같은 믿음이 있었다.

때문에 그렇게 딸을 내칠 수 있었던 것이다.

성천은 예로부터 협과 예를 추구했다.

해서 아비 앞에서 딸을 죽이지는 못하리라.

어찌 보면 도박과도 같은 결정, 하지만 결국 그의 예상대로 위지극은 손을 쓰지 못했다.

마지막 순간 딸이 그렇게 거친 저항을 할 줄 미처 예상치 못했기에 심장이 멈출 만큼 놀라긴 했지만.

'누굴 닮아서 그런 건지……'

그는 속으로 혀를 찼다.

임사득이 그의 어깨를 두드렸다.

"오늘 일은 그런대로 손해 보지 않고 끝났으나, 자네의 그 급한 성정은 다스릴 필요가 있겠네."

"명심하겠습니다."

임사득은 대전 밖으로 나오며 고개를 훼훼 저었다.

'어떻게 두 부녀가 저리도 똑같은지.'

*　　*　　*

인청각원들에게 일방적인 사항을 통보한 지 삼 일 후.

임씨세가가 자리한 동천에는 서서히 전운이 감돌기 시작했다.

강호인이라면 모두 알고 있듯이 적존교와 임씨세가의 혈전이 단 하루밖에 남지 않았기 때문이다.

"가주께 아룁니다."

외각에 속해 탐찰 임무를 맡은 무인이 임가육에게 보고를 했다.

“말해라.”

“현재 본가와 멀지 않은 객잔에 총 이백여 명의 무인들이 모여 있습니다.”

“이백?”

임가육이 믿기 힘들다는 듯 되물었다.

“너무 적은데… 그들 모두가 적존교도냐?”

“정확한 파악은 힘드오나 외형으로 보았을 때는 그리 사료됩니다.”

“외형이라니?”

“그들의 눈은 하나같이 모두 붉었습니다.”

“흐음, 그래? 적안이라… 확실히 마공을 익힌 자들이겠군.”

“그렇습니다.”

“알았다. 물러가거라.”

그가 돌아가자 임가육이 임사득을 돌아봤다.

“어떻게 생각하십니까?”

“숫자로만 보면 분명 많지 않네. 하나 중요한 것은 그게 아니니까.”

임가육은 동의했다.

문파 간의 싸움에서 가장 중요한 것은 얼마나 많은 고수가 있느냐이지 숫자의 많고 적음이 아니었다.

“물론 맞는 말씀입니다만, 이백은 너무 본가를 우습게보는 게 아닌지.”

임씨세가는 적통과 방계를 합치면 모두 오백이 넘었고, 가신에 속한 무인까지 합치면 천을 헤아렸다.

"그것을 깨닫게 해주는 것이 우리가 할 일이네."

"하하하, 그렇지요."

임가육은 대소를 터뜨리다가 불쑥 물었다.

"한데 아버님께서는 아직도……?"

"그렇네."

"언제쯤이나 모습을 뵐 수 있을는지요?"

"형님께서는 극성이 이르기 전에는 돌아오지 않겠다 하셨으니, 나로서도 짐작키 힘드네. 왜? 걱정되는가?"

"그럴 리가 있겠습니까. 저는 아버님을 누구보다 잘 압니다. 다만……."

"……?"

"이번 기회에 아버님이 무위를 보이신다면 본가의 사기가 한층 높아지지 않겠습니까?"

"흠……."

"해서 내일이라도 출관하셨으면 하는 바람입니다."

"그것은 전적으로 형님의 뜻에 달렸네."

"물론이지요. 하하하."

임가육의 대소가 대전을 울렸다.

*　　　*　　　*

"소저, 왜 얼굴을……?"

"신경 쓰지 말아요."

임도옥은 얼굴을 가리고 있던 천을 다시 단단히 동여맸다.

위지극에게 맞은 지 며칠이 지났지만 아직까지도 붓기가
빠지지 않고 있었다.

반면에 화자개는 어느새 완쾌되어 쌩쌩한 모습이었다.

"그보다 어찌 됐어요?"

"쉽지 않소, 쉽지 않아."

"무슨 소리예요! 큰소리칠 때는 언제고."

"소저도 이 점만은 알아야만 하오. 그가 인청각원이라는
사실 말이오."

"흥, 이미 잘 알고 있어요."

"잘 알고 있으면서 그런 말씀을 하시오?"

"그게 뭐가 문제라는 거죠?"

"우리 백화검문은 어디까지나 정파요. 그를 치기 위해서는
명분이 필요하단 말이오."

"당신은 신임이 없나 보군요."

임도옥이 그를 마심쩍게 바라봤다.

"무슨 말씀을 그리하시오. 사부님은 대사형보다 오히려 나
를 더 믿으시는 분이오. 다만 그분이 워낙 강직한 성격이다 보
니 아무리 나라 할지라도 명분없인 설득하기가 힘들어서요."

"결국 당신 문파의 힘을 얻기는 힘들단 뜻인가요? 명분이
야 만들면 되잖아요."

화자개는 잠시 머뭇거리다가 오히려 되물었다.

"임씨세가는 어떻소?"

"글렀어요. 무슨 이유에서인지 아버님이 손을 떼셨어요.
오히려 저만 야단맞았다고요."

"거참."

"당신이 직접 그와 검을 맞대는 건 어때요?"

"……!"

화자개의 안색이 미미하게 변했다.

이미 자신은 그의 상대가 되지 못하리란 사실을 알고 있었
다.

"겁쟁이."

"소… 소저."

"당신과 합치려던 것, 다시 생각해 봐야겠어요."

"……."

그는 마음이 급했다.

어떻게 해서든 이 난국을 뚫고 해결책을 내놔야만 했다.

결국 그는 마음을 굳혔다.

"좋소. 나에게 두 가지 방도가 있소."

임도옥의 눈이 빛나기 시작했다.

"뭐죠?"

“하나는 사부님께 거짓을 고하는 것이오.”

“생각해 둔 건 있나요?”

“물론이오.”

“만약 들킨다면?”

“그러지 않기를 바라는 수밖에…….”

마지못해 내놓은 방책이라고는 하나 너무나 위험했다.

임도옥은 잠시 고심하다 다시 물었다.

“나머지 하나는 뭐예요?”

“살수요.”

“살수?”

“우리 손을 더럽히지 않고 그를 해치울 수 있는 가장 손쉬운 방법이오.”

그제야 임도옥의 얼굴이 활짝 펴졌다.

“좋군요. 마음에 들어요.”

“하지만 여기에도 문제가 없는 건 아니오.”

“……?”

“바로 돈이오. 아무래도 인청각원을 죽일 정도의 살수는 꽤 비쌀 테니 말이오.”

“당신, 부자잖아요.”

화자개는 조용히 웃었다.

맞는 말이었다.

달마다 상납받는 산채만 다섯 곳이었으니 꽤 많은 돈을 모왔다.

하지만 인청각원, 아니, 조금 더 실력을 쳐줘서 사현각원을
죽일 정도의 고수를 쓰려면 그 돈을 모조리 쏟아부어야 할 판
이었다.

"그렇게 해요. 살수를 쓰죠. 그게 만약 실패했을 때는 첫
번째 방법을 쓰고. 저도 돈을 조금 보탤게요."

"고맙소."

"뭘요. 서로 돕고 살아야지. 안 그래요?"

임도옥의 눈웃음에 화자개는 날아갈 것만 같았다.

"그렇소, 그렇소. 하하하하."

"그럼, 전 이만 갈게요."

"살펴가시오. 멀리 나가지 않겠소."

임씨세가로 발길을 재촉하는 임도옥, 그녀의 입가에 스산
한 미소가 피어올랐다.

'끝났다고 착각하지 마라, 위지극. 네가 죽어야만 끝이 나
는 싸움이니까.'

『성천』 제4권에 계속…

은하의 계곡

무천향

武天鄕

허담 新무협 판타지 소설

뿌리를 찾아가는 목동 파소의 여행.
그 여정의 끝에서
검 든 자들의 고향 대무천향 (大武天鄕)을 만난다.

검객 단보, 그는 노래했다.

…모든 검 든 자들의 고향 무천향.
한초식의 검에 잠든 용이 깨어나고, 또 한초식의 검에 잠든 바다가 일어나네.
검의 흐름을 따라가다 보면 어느새, 세월도 잊어버리고, 사랑도 잊어버리고,
무공도 잊어버려…….
결국에는 자신조차 잊어버리는…….

은하의 가장 밝은 빛이 되어버린다는
그 무성(武星)들의 대지(大地).

아, 대무천향(大武天鄕)이여!

유행이 아닌 자유추구 –
WWW.chungeoram.com
Book Publishing CHUNGEORAM

낭왕 狼王

별도 新무협 판타지 소설

살내음 나는 이야기에 여러분은 가슴 졸인 적이 있는가?
남들이 볼까 두려워하며 책을 가리면서 읽었던 구절을 몇 번이나 반복하며
읽은 적이 없는가?

구무협의 향수를 그리워하던 별도가 결국은
〈무협의 르네상스〉를 부르짖으며 직접 자판 앞에 앉았다.

"제가 무협을 쓰기 시작한 이유는 더 이상 읽을 책이 없었기 때문입니다."

모든 일은 4년 전부터 시작되었다.
살인사건을 배경으로 펼쳐지는 음모와 배신, 사랑과 역공작,
그리고 정사!

우리 시대의 이야기꾼, 별도의 새로운 글, 〈낭왕狼王〉!
〈천하무식 유아독존〉, 〈그림자무사〉, 〈검은여우黑心狐狸〉에
이은 그의 또 하나의 역작!

촌부 新 무협 판타지 소설

예(禮)와 법(法)을 익힘에 있어
느리디 느린 둔재(鈍才).
법식(法式)에 얽매이기보다 마음을 다하며,
술(術)을 익히는 데는 느리지만
누구보다 빨리 도(道)에 이를 기재(奇才).

큰 지혜는 도리어 어리석게 보이는 법[大智若愚]!

화폭(畵幅)에 천지간(天地間)의 흐름을 담고
일획(一劃)에 그리움을 다하여라!

형식과 필법을 익히는 데는 둔하나
참다운 아름다움을 그릴 수 있게 된
화공(畵工) 진자명(陳自明)의 강호유람기!

狂龍記

광룡기

장담 新무협 장편 소설

미친 바람이 동해에서 불기 시작했다!
둥지를 떠난 광룡(狂龍)이 강호에 나타났다!

내가 가고 싶은 대로 간다.
내가 하고 싶은 대로 한다.
누구도 내 앞을 막지 마라!

한겨울, 마침내 광룡의 전설이 시작되고,
천하가 광룡과 빙심에 뒤집어졌다!